말을 하시는 당신께

말을 하시는 당신께

저자 한유진

바람이 들려준 이야기 〈에피소드 2〉를 시작하며

우리는 때때로 삶 속에서 기적을 바라는 순간들을 마주하게 된다. 어려웠던 순간들을 지내 오면서 우릴 아직까지 지속시켜 준 것이 무엇이었는가를 생각해 보면, 아마도 그것은 그 어떤 것보다 강한 힘을 지니고 있는 "사랑"이라는 원어 자체에서 뿜어져 나오는 능력이었을 것이다.

우리는, 죽음보다 강한 사랑의 힘이 우리에게 기적을 일으켜 주었고 우리로 하여금 어려웠던 순간들을 지나가게 해 주었다는 사실을 망각이라는 강가에 버린 채, 삶의 진실에서 멀리 떨어져 살아가는 우릴 발견하게 된다.

가장 큰 기적은, '사랑' 그 자체인지도 모른다.
여기, '기적'이라는 것과 '사랑'이라는 것에 대한 한 에피소드를 적어 보았다.

힘들었던 우리의 삶에 비추어진 기적과, 존재와, 사랑의 여정을 이제 시작해 본다.

차례

에피소드 2.

말을 하시는 당신께

책을 읽어 주는 시간

나는 지역 라디오 방송국에서 "책을 읽어 주는 시간"을 진행한다.

지금은 "사랑의 요정"을 읽어 주고 있다.

"사랑의 요정"은 어렸을 때 감명 깊게 읽었던, 내 어린시절 추억이 들어 있는 책이기도 하다.

"책을 읽어 주는 시간"에 "사랑의 요정"을 들려주면 반가워 할 줄 알았는데, 별로 반응이 없다.

솔직히, "사랑의 요정"만 그런 건 아니다.

"책을 읽어 주는 시간"은 단 하루 나아지는 일 없이, 누구에게도 주목받지 못한 채, 아무도 모르는 대로 흘러왔다는 말이 맞다.

그 시간의 라디오 정류장엔 나 홀로 있어, 나 혼자 메아리 치는 그곳에서 난, 책을 읽고 있었고, "사랑의 요정"은 그 책들에 하나일 뿐인 거다.

'나'가 들려주는 "책을 읽어 주는 시간"엔 라디오 앞에 아무도 없다는 것을 잘 알면서도, 내일은 달라질 거라고, 이 시간을 좋아해 주는 "한 사람"이 생겨지면 "책을 읽어 주는 시간"은 금방 전파될 거라고, 스스로에게 끊임없이 희망을 불어 넣어 주며 하루들을 견뎌 왔던 것이다.

사실이 그랬다.

하지만 '나 홀로', '나 혼자'에 지쳐버린 '나'를 보면서, 힘 내라는 어려운 말보다는, 더 이상 현실을 포장해 숨겨둘 수 없다는 것을, "책을 읽어 주는 시간"을 내려놔야 한다는 것을 이젠 스스로에게 말해 주어야 한다.

왜냐하면, 변치 않을 줄 알았던 희망이 점차 슬픔으로, 외로움으로, 소외감으로 옷 입혀지는 과정들을 겪으며 생각에도 계절이 있다는 걸 배우게 된 난, '나 혼자 있고 아무도 없다'는 막막한 슬픔이 외로움과 소외감으로 변모돼 가는 그 계절의 끝엔 '절망'의 단어가 버티고 있어 그들과 당연스레 합쳐진다는 사실을 알게 되었고, 무엇보다도 그 문장 안에서, 행복은 그 일이 좋아 일하는 기쁨만으로 찾아오는 것이 아니라, 행복이란, '나'의 말을 들어 주고 '나'의 일을 같이 좋아해 주는 단 한 사람 '너'가 존재하지 않으면, 나중엔 기쁨을 가져왔던 희망조차 날 버린다는 사실을 깨달았기 때문이다.

난 지금 집으로 가는 길에서, 내가 딛고 선 땅을 내려다보며 삶의 먼지로 무거워진 발걸음도 같이 내려다보고 있다.

세상 계절은 끝에 가 있을지라도 처음으로 되돌아와 새롭게 시작되는데, 생각의 계절은 끝에서 과연 처음 희망으로 되돌아올 수 있는 것일까?

'한 사람'이 생겨지면 "책을 읽어 주는 시간"은 금방 전파될 수 있을 거라는 내 처음 기도가 과연 이 깊은 절망을 뚫고 다시 살아나, 현실 속에 그 한 사람 '너'가 주는 내일의 소망을 갖게 될 수 있을까?

그렇게 된다면 난 내일도 이 일을 할 수 있을 텐데.

'너'에게 책을 읽어줄 수 있을 텐데.

언젠가 멈춰 서야 하는 현실의 단단한 벽 앞에서, 집으로 가는 내 발걸음이 무겁게 옮겨진다.

아침이 밝았다.

언제나 그러했듯이 눈을 뜨자 마자, 난 "책을 읽어 주는 시간"을 생각했다.

비록 마지막 하루하루에 가까이 와 있지만, 오늘도 책을 읽어 주려고 일찍 출근해 준비하는 나 자신을 보고 있다.

부장님은 내가 그만두겠단 말을 먼저 해 주길 바라는 눈치다.

넉넉하지 않은 마을에 라디오 청취자들도 차츰차츰 줄어드는 데다가, 지역 라디오 방송국 사정 또한 언제 문을 닫을지 모를 정도로 나빠져 가고 있는데, 무엇보다도 부장님의 이유는, 나와 "책을 읽어 주는 시간"은 이 지역에선 아예 모르는 존재라는 것 때문이다.

"사랑의 요정"을 한참 연습하고 있을 때, '나의 사랑의 요정, 너한테까지 외로움과 소외감을 갖게 하는구나.' 하는 자책과 '이 책을 내놓지 않고 끝냈어야 했는데.' 하는 후회가 같이 들어오더니, 책장 위로 물방울이 뚝뚝 떨어졌다.

난 이 일을 너무 사랑하지만, 세상은 '너'만 좋다고 해서 그렇게 움직여지지 않는다며 직접 대꾸하는 현실 앞에서 저절로 떨어지는 나의 눈물인 거다.

이 일을 그만두게 되면 난 무엇을 할 수 있을까?

어떻게 살아야 하지?

모든 것이 소원대로 이루어지면 얼마나 좋을까?

"책을 읽어 주는 시간"의 불이 켜지자, 난 눈물을 닦고 심호흡을 크게 한번 하고서 마이크에 가까이 앉았다.

오늘 "사랑의 요정"은, 저녁 늦게 랑드리가 숲속에서 길을 잃었을 때 할머니하고 같이 사는 귀뚜라미 별명을 가진 그녀의 손녀 파데트가 어둠 속에 나타나 길을 안내해 주는데, 그 대가로 랑드리에게 마을의 축제일에 나와 함께 일곱 번 춤을 추어야 한다는 말을 건네는 내용이다.

시간이 끝나 가도록 청취자의 전화벨은 언제나처럼 울리지 않아, 한 줄 마저 읽고 책장을 덮으려 할 즈음였다.

'기대'라는 걸 접고 펴는 건, 종이 한 장인가 보다.

난데없이 전화벨이 울린다.

투명 스크린 너머로 부장님이 먼저 전화를 받고서, 잠시 후 환하게 웃는 얼굴로 신호를 주었다.

"여보세요."

담담한 척은 소용이 없었다.

수화기를 든 내 목소리에 긴장과 떨림이 스며 들었다

"안녕하세요? 저어..."

어린 아이의 목소리였다.

"책을 좋아해요?"

"네에, 좋아해요. 저는 책을 혼자서도 읽을 수 있는데요, 아줌마가 읽어 주시는 게 더 좋아요. 아빠도 아줌마가 "사랑의 요정"을 읽어 주시니까 어렸을 때 재밌게 읽었던 추억이 떠오르신대요. 아줌마 소리의 울림이 좋다고 하셨어요. 저랑 아빠는 하루 중에서 이 시간을 제일 기다려요."

야속하게도 이만 마쳐야 한다는 부장님 신호가 들어왔다.

"아, 그래요? 소리의 울림이요? 기분이 좋아지고 용기가 솟는 말이에요. 음, 아쉽게도 시간이 다 되었어요. 그럼, 내일 이 시간에 다시 만나요."

"네에, 안녕히 계세요."

부장님과 난 서로의 얼굴을 바라보았다.

투명 스크린 저편에서 부장님 표정은 사뭇 달라져 있었다.

이 시간을 좋아해 주는 "한 사람"이 나에게 나타난 것 같았다.

뭔가 좋은 일이 생길 것만 같은 예감이 든다.

난 집으로 돌아오는 길에서, 이 일을 계속하게 될 지 모른다는 한 가닥 희망이 저 폐부 속 깊은 곳으로부터 피어올라, 내일을 근심하며 무거운 발걸음을 옮기지 않아도 될 거란 천사의 희미한 속삭임을 듣는다.

다음 날, 부장님은 상당히 다르게, 만면에 미소 가득 띄우고 있었다.

어제 "책을 읽어 주는 시간" 끝 무렵의 전화 한 통이 비상한 힘을 지녔는가 보다고, 오늘 아침까지도 날 찾는 전화가 사방에서 몰려왔다는 거다.

어린 아이와의 짧았던 대화는 추운 겨울을 기다려 4월이 온 것처럼 얼었던 마을을 녹이며, 한 명이 듣고 다른 사람에게 알려 주고 또 다른 사람에게 알려 주면서 밤새 이 작은 마을에 약간의 소동이 일어났던 것이다.

간절히 소원하던 그 "한 사람"이 실제로 나타나 오늘의 현실이 되고 있었다.

기적은 나한테 일어나는 일이 아닐 거라 여겼는데, 지금 내게 일어나는 것은 분명 기적이 확실했다.

마을 서점에는 "사랑의 요정"의 주문이 하루가 멀다 하게 늘어났고, "책을 읽어 주는 시간"은 시작부터 많은 전화가 줄짓고 있어 자연스레 점점 30분이나 늘어나게 되었다.

마을에는 액자 속 멋진 풍경을 배경으로 책 읽는 사람들을 여기저기 볼 수 있었고, 아마도 "책을 읽어 주는 시간"에 간직했던 나의 희망이 세상 밖으로 흩뿌려져 그들 가난한 마음에 닿고 있는 것이 아닌가 싶게, 마을엔 "활기"라는 단어가 찾아와, '희망은 어떤 힘든 상황에서도 결코 너흴 떠나지 않아.' 하며 호흡마다 생기를 불어

넣어 우리에게 삶의 용기를 주고 있었다.

내일을 기약하기 어려웠던 이 작은 라디오 방송국은 나의 "책을 읽어 주는 시간"이 우물이 되어 청취자가 크게 늘어났고, 차츰 마을 주민들의 큰 사랑을 한 손에 받으면서, 어느덧 우리 지역을 밝혀 주는 등대와 같은 존재가 되어 있었다.

'재투성이 아가씨가 결국 유리 구두를 신었다'는 것은 먼 옛날 이야기가 아니었다.

나의 사랑의 요정

나의 "사랑의 요정"이 "책을 읽어 주는 시간"을 떠나는 날이 되었다.
기적이 찾아오고 나서, 하루하루가 매일같이 소망으로 가득 차 있
는 것을 보면, 기적이란 원래 한번 찾아오면 떠나는 일이 없는가
보다.

그렇지만 정작 기적을 들고 온 나의 "사랑의 요정"은 "책을 읽어
주는 시간"을 떠나간다.

랑드리의 쌍둥이 형 실비네가 아파 누워 있을 때 파데트가 형을 간
호하면서 그의 상한 마음까지 치유해 준다는 어제 이야기에 이어,
오늘 마침내, 파데트의 간호를 받으면서 실비네는 그녀를 깊이 사
랑하게 되었지만 그것을 마음에 두고서 랑드리와 파데트의 행복을
위해 군대에 자원하게 되는데, 그 사랑의 힘은 허약했던 실비네를
씩씩한 장군으로 만들어 주었고 랑드리와 파데트에겐 행복한 삶으
로 이어지게 해 주었다는, "사랑의 요정" 이야기의 끝에 온 것이다.
잠시 숨이 멈춰졌다.

지난날의 삽화들이 날 기억의 필름 속으로 데려간다.

안개 휘덮인 길을 기약없이 힘겹게 내딛던 발걸음들, 하루쯤 다른 날이 되었으면 좋으련만 그렇지 않게 지나갔던 나날들, 그리고, 어느 날 홀연히 걸려 온 한 아이의 전화 한 통과 아이가 말해 줬던 아빠의 울림, 그 필름 속 장면들이 모두 나와 파노라마처럼 쭉 펼쳐진다.

난 숨을 내놓으며 그들에게 손을 흔들었다.

안녕, 반가워.
내게 와 기적을 만들어 주었잖아?
한번 찾아온 기적은 떠나지 않을 테니까,
내가 작별 인사를 하는 게 아니란 것을 너흰 잘 알 수 있을 거야.

그들이 사라지기 전에, 난 꼭 해 주고 싶은 말이 있었다.

안개 속에서 깨달은 사실이 있었는데, 말해 줄까?
앞은 보이지 않았지만 발을 내딛고 있었잖아.
난 길을 걷고 있던 거였어.
그래, 그게 모든 기적의 시작이었던 거야.

이번에는 "책을 읽어 주는 시간"에 사랑의 요정을 읽어 주는 '나'가 보인다.

난 한 번 더 숨을 내놓으면서, "책을 읽어 주는 시간"의 "사랑의 요정"에게 손을 흔들어 주었다.

안녕, 잘 가.

내게 기적을 선물로 주고 떠나는구나.

나의 "사랑의 요정", 넌 언제까지나 나와 함께 있을 거잖아.

난 마지막으로 한 번 더 숨을 내놓으며, "사랑의 요정"을 떠나보내는 "책을 읽어 주는 시간"에게 손을 흔들어 주었다.

내가 하나의 작별과 하나의 시작을 위해 인사한다는 것을,

어떤 존재라면 아주 잘 알 수 있을 거야.

가슴 한 구석에서 허전함과 그리움의 바람이 인다.

눈물과 환희의 축제 끝자락에 드리운 허전함은, 추억으로 들어간 축제의 그리움과 함께 한 결 바람이 되어, 가슴 한 구석에서 일고 있다.

부장님은 미소 만면에 띄워 다음 책에 대해 묻는다.

한 책이 끝날 때 부장님이 어떤 말이든 내게 말을 건넨 건 처음이다.

부장님 얼굴엔 내가 그만 두겠단 말을 먼저 해 주길 바라던 표정만이 가득 차 있었는데, 그건 온데간데 없이 사라지고 대신 언제 그랬냐며 싱글벙글 웃음만이 넘쳐 흐른다.

난 지금 "사랑의 요정"을 보내고 집으로 가는 길에서, 내가 딛고 있는 땅을 내려다보며 지난 한 달의 희망과 절망과 소망이 묻어 있는 발걸음도 같이 내려다본다.

한 아이의 전화가 울렸던 그날이 어제 같은데, 목소리는 그제처럼 멀어져 간다.

내 발걸음마저 가물거리는 그 아이 목소리가 안타까워 천천히 옮겨진다.

저기 건너편에 누군가 땅을 쳐다보며 외롭게 서 있는 모습이 보인다.

그 자리에서 그를 자주 봤었지만 오늘은 자꾸 시선이 간다.

'너'라는 존재 없이 '나'만 있는 것처럼 서 있는 그의 모습에, 한 달 전 "한 사람"을 기다렸었던 그때의 '나'가 비쳐진다.

차가운 바람이 살짝 불어와 심장 깊은 곳의 짧은 침묵은 깨어지고, "아줌마", 하는 목소리가 들려왔다.

"저어, 책을 읽어 주시는 아줌마 맞죠?"

"응, 그런데?"

종종 날 알아보는 어린 친구들의 인사에 꽤 익숙해져 있어 그들과 대화하는 것이 자연스럽다.

"아줌마가 "사랑의 요정" 읽어 주실 때 전화 한 적이 있어요."

아이는 작고 가느다란, 조금은 떨리는 목소리로, "저어, 숲 속에서 파데트가 랑드리를 도와주는 거 읽어 주실 때였거든요." 하는 것이다.

눈의 여왕이 왔다 간 걸까?

난 순식간에 얼음이 되어 버린 것 같았다.

말을 잃은 사람처럼 어떤 말도 할 수가 없었다.

　이 목소리는, 맞아.

　그 아이야.

서로 얼굴을 모르면서, 아이도 나처럼 목소리만 기억하는 게 전부였을 텐데, 그 아이가 날 찾아와 내 앞에 서 있다.

'그 어떤 존재가 이 일을 만들어 주고 있는 게 아닐까?' 하는 생각이 스쳐간다.

난 아이의 손을 꼭 잡아 주며 말했다.

"널 항상 기억하고 있었어. 네가 다시 전화해 주길 기다렸단다."

아인 금세 얼굴이 밝아졌다.

"왜 다시 전화해 주지 않았어?"

"전화를 했는데 잘 안됐어요."

"그랬었구나."

그날 이후로 많은 전화가 일찍부터 줄 서 있어 아이의 순서까지 못 왔던 것이다.

"책을 읽어 주는 시간이 끝나면 이곳에서 아줌마를 볼 수 있을 거라고 아빠가 매일 여기 데려다주셨는데, 아줌마를 모르니까 왔다가 그냥 돌아가곤 했어요."

"오늘은 날 어떻게 알아본 거야?"

"어제 아줌마가 다른 분이랑 얘기하면서 나오실 때 아빠가 알아보셨어요. 책을 읽어 주시는 아줌마랑 울림이 똑같다 하시면서요."

"아, 그래?"

"아빤 아줌마가 다정한 분일 거래요. 아줌마 울림이 따뜻한 봄바람 같다 하셨거든요."

아이 아빠의 '울림'이라는 말은 참 색다르게 들려진다.

"아줌마, 저기 우리 아빠에요."

난, 가슴이 출렁였다.

놀랍게도 아이는 그 자리에 서 있던 그를 가리킨다.

아인 또 한 번 내 가슴을 뛰게 했다.

그를 계속 바라보고 있었는데, 그가 아이 아빠였다니 너무 뜻밖이라 작은 파문까지 일렁인다.

그는 날 향해 웃음을 던져 주었고, 고개로 인사를 건네주었다.

조금 전에 땅을 내려다보며 외롭게 서 있던 모습과는 전혀 달리, 그의 얼굴에 그려진 미소가 무척이나 싱그러워 보였다.

그의 싱그런 미소에, 외롭게 보이던 그가 다 지워진 것 같았다.

나도 그를 향해 웃으며 인사를 건넸다.

난 아이와 함께 이야길 더 나누고 싶었다.

"아빠에게 말씀 드리고 같이 아이스크림 먹으러 갈까? 춥더라도 가게 안은 따뜻해서 괜찮을 거야."

아인 좋아하는 것 같았지만, "아니에요. 바로 가야 하거든요. 아줌마한테 인사하고 싶어서 왔는데, 아줌마 봤으니까요." 한다.

"그럼, 내일은 어때? 아빠에게 말씀드려서 나올 수 있겠니?"

"정말요? 내일 오면 아줌마 만날 수 있는 거예요? 같이 얘기 할 수 있는 거예요?"

난 고개를 끄덕이면서, "그럼." 하고 말해 주었다.

"원장님이랑 아빠한테 말씀드려서 내일 나올게요."

아인 날 다시 만날 수 있다는 것에 기뻐하는 것 같았고, 난 그것을 보면서 내가 누군가를 작은 말 한마디로 기쁘게 해 줄 수 있다는 것에 가슴 뿌듯해지고 있었다.

아이는 아빠가 있는 곳까지 빠른 걸음으로 걸어갔다.

"아줌마, 안녕,"

아빠도 아이와 함께 손을 흔들어 주며 차에 올랐다.

그들의 뒷모습을 보면서, 아이 아빠의 '울림'이 자꾸만 궁금해 진다.

'목소리'라 하지 않고 왜 '울림'이라 했을까?

생각할수록 궁금함이 더해진다.

집에 돌아와서도 좀처럼 아이를 만났다는 게 실감이 나지 않는다.

난 빨리 잠에게 초청장을 보내 그 아이를 만난 일이 사실이라 알려 주는 새벽과 아침을 맞이하려 한다.

아침이 되었다.

새롭게 "키다리 아저씨"가 시작되는 날이다.

탁자 위에 나란히 놓여 있는 "사랑의 요정"과 "키다리 아저씨"가 아침 햇살에 비쳐 유난히 빛나 보인다.

나의 시선이 그들에 머물러 있을 때, 한 생각이 들어왔다.

　어제 그 아이를 못 만나고 "사랑의 요정"이 끝났다면,

　오늘 내가 "키다리 아저씨"를 마주할 수 있는 것일까?

오늘은 나의 발걸음이 그 어느 때보다 가벼웁다.

"책을 읽어 주는 시간"엔 "키다리 아저씨" 소개만 하고서 끝나게

된다.

퇴근을 서두르려는 내게 때맞춰 부장님이 와서는, 방송국 사장님이 이곳을 방문하셨다며 날 만나고 싶어 하신다는 거다.

부장님은, 거의 문이 닫힐 뻔 했었던 작은 지방의 분점 라디오 방송국에서 일어난 "책을 읽어 주는 시간"의 이야기가 중앙 방송국까지 전해져 방송국 전체에 빛을 던져 주게 되었다는 것과, 이 기적 같은 이야기가 계속 번져 나가 온 방송국이 전에 없는 관심과 주목을 받게 되었다는 것은 모두가 다 아는 사실이라면서, 방송국 사장님 또한 이곳에 큰 관심을 갖고 한번 방문하고자 몇 차례 연락을 주셨는데, 새로운 책이 시작되는 오늘을 미리 말씀드렸다는 것이다.

난 잠깐 인사 드리고 말씀 몇 마디 나누면 될 거라 생각했다.

부장님이 소개해 준 방송국 사장님은 생각보다 젊은 분이었다.

반가움에 겨운 얼굴로 내게 악수를 청했다.

부장님은, 카페를 예약해 두었으니 함께 가자고 한다.

내가 약속이 있다 하자, 부장님은 나에게 좋은 기회가 될 거라며 시간 많이 걸리지 않을 거라 안심시켜 주었다.

카페는 생각보다 먼 거리에 있었다.

난 은근히 걱정스러웠다.

사장님은, 나 덕분에 마을뿐 아니라 도시 전체가 책을 사랑하게 되었다고 했다.

아이와 아빠 이야길 하면 시간이 늦어질 것 같아, 난 더는 말 못하고 감사한단 말만 하게 됐다.

사장님과 대화는 주로 "책을 읽어 주는 시간"이 이끌면서, 화제가 끊이지 않게 이어져 갔다.

시간이 더 빨리 가는 것 같아 점점 초조해지는 터에, 부장님은 나와 사장님을 번갈아 보며 저녁 함께하는 것을 묻는다.

다행히도 사장님이 저녁은 다음 기회에 하자 한다.

헤어지면서 사장님은 재차 악수를 청하며 반가웠단 말을 해 주었다.

부장님과 함께 방송국으로 돌아오는 데 신호등 몇 개 걸리는 것에도 탓을 하게 된다.

마음 바쁘게 돌아왔지만, 어두워진 그곳에 그들은 없었다.

　내가 약속을 잊었다고 생각하면, 어떡하지?

　네게 하고 싶은 말이 너무 많았는데 말야.

부장님이 약속 장소에 데려다주겠다 해서, 내가 이미 늦어 버렸다고 하자, 미안하게 됐다며 그럼 집에까지 데려다준다고 한다.

차 안에서 부장님은, 사장님이 날 잘 보신 것 같다고, 고생했는데 기대가 된단 말을 해 주었다.

난 부장님이 고마웠지만, 생각해 보니, 마을의 누구도 아이와 아빠를 기억하는 것 같지 않았다.

첫 기적의 문이 열려지게 했던 아이와 아빠를 이 마을에서 나만 아는 것처럼, 그때 한 통의 전화에 대해 말하는 걸 어디에서든 누구에게든 들어본 적이 없었기 때문이다.

　나마저 잊게 된다면,

　그 아이와 아빠는 세상에 없는 존재가 되는구나.

난 가슴이 먹먹해져 왔다.

또 다른 하루가 시작되었다.

"키다리 아저씨"는 첫 '우울한 수요일' 이야기부터 뜨거운 반응이란, 말로 표현할 수 없었다.

많은 전화들 사이에서, 그 아이의 전화 울리지 않았다.

난 "책을 읽어 주는 시간"이 끝나자 서둘러 방송국을 나왔다.

아이가 여러 날들을 막연히 그렇게 했듯이, 나도 아이가 와 줬으면

하는 바람으로 무작정 방송국 앞에 서 있었다.

겨울 저녁의 한 시간은 길게 밤 사이로 흘러, 내가 서 있는 땅은 급히 어두움이 내려졌다.

땅거미가 내려앉아 있는 데에, 한 달 전 나의 모습과 같이 외롭게 서 있던 아이 아빠와, '책을 읽어 주는 아줌마 맞죠?' 하며 다가왔던 아이의 얼굴이 아른거려 왔다.

순간 마음이 휑해져 공허가 자리를 차지하더니, 이내 가슴 한복판에서 뭉클한 것이 올라와 금세 나의 눈시울을 적시어 버렸다.

　네가 우리에게 무엇을 해 주었는지 알 수 있을까?

　네게 꼭 알려 줘야 할 텐데.

멀리에서 겨울을 전하러 추운 바람이 불어왔다.

바람은 곧 내 눈물들을 어루만지고 호흡으로 들어와선, 지극히 따스한 숨결을 내뿜어 날 감싸 주었다.

'이 마을에서 단 한 사람, '너'가 아이와 아빠의 '울림'을 기억하는구나.'

어디선지 소리가 들려왔다.

'이 마을에서 단 한 사람, '너'가 아이와 아빠의 '울림'을 기억하는구나.'

난 가만히 고갤 들어 보았다.

주변엔 나 말고 아무도 없었다.

소리는 내 곁에서 계속 여운을 뿌리고 있다.

그때 누구를 기다리냔 동료직원의 말에 고개를 돌리자, 그 기운은 재빨리 사라져 버렸고 내게 따뜻이 머물러 있던 바람도 단번에 떠나 버렸다.

동료직원은, "추운데 안에서 기다리지" 하며, 오늘 방송 좋았단 말을 해 주었다.

난, "고마워." 하고서, 내일 보자 했다.

한 달 전엔 상상조차 할 수 없었던 대화들이 지금은 일상처럼 자연스럽기만 하다.

  '울림', 그것이 무엇일까?

  조금 전에 그 소리도 '울림'이라는 말을 했어.

날은 빠르게 저물어 갔고, 시간은 잘도 흘러가, 야간 방송 직원들이 하나둘 출근하기 시작했다.

나의 시야 한 모퉁이를 차지한 직원들 틈으로, 아이 아빠가 자주 서 있던 그 자리에 차가 서 있는 게 보여져, '혹시, 어디 가 볼까?' 하며 걸음을 옮기려는데, 내 앞으로 차 한 대가 다가왔다.

뒷좌석 유리창이 내려졌고, 차 안에는 어제 만났던 사장님이 있었다.

아직 방송국에 있었느냐고 물어서, 난, '네에', 했다.

또, 어두워졌는데 집에 데려다주는 거 괜찮겠느냐를 물어서, 난 택시 타면 된다 했다.

사장님은 긴 웃음과 함께 조심히 가라며 저녁 인사를 건네주었다.

나도 웃음과 함께 인사를 건넸고, 감사하단 말을 곁들였다.

사장님 차가 떠나는 것을 보고서, 난 그 차가 있던 자리로 시선을 돌려 보았다.

언제 가버렸는지 그곳엔 아무 것도 보이지 않았다.

택시를 타고 집으로 오는 내내 그 차가 떠올려졌다.

아빠 차가 아니었나 하는 생각이 떠나지 않으면서, 뭔가 잃어버리고 왔단 느낌이 지워지질 않는다.

밤을 지나온 아침이 창가에 걸려, 내 얼굴을 비추었다.

내일이 주말이지만, 내가 사랑하는 이 일에 있어선 매일이 휴일이라 말해 주고 싶다.

'나가 사랑하는 일을 '너'도 같이 사랑해 준다는 사실을 '나'가 알수 있고 마음껏 느끼며 산다.' 하는 그 문장은 '나'를 세상에 가장 빛나는 보석이라 가르쳐 주면서, '나'에게 가장 큰 축복이 무엇인지 가르쳐 주는 스승이 된다.

난 오늘도 "책을 읽어 주는 시간"을 위해 일찍 방송국에 출근했다.

부장님이 내게 와서, 저녁 약속이 있는질 묻는다.

내가 대답하기도 전에, 사장님이 같이 식사 하는 걸 말씀하셨다며 좋은 식당으로 예약하겠다는 거다.

난 부장님의 걸어가는 뒷모습을 흘낏 보곤, 사장님과의 식사에 부담 느낄 새 없이, 웃음이 절로 나왔다.

웃음 띤 부장님 얼굴하고 마찬가지로 뒷모습도 웃고 있어 보였기 때문이다.

오늘은 "키다리 아저씨"에서, 쥬디는 자신이 쓴 '우울한 수요일'의 작문을 읽은 한 후견인의 도움으로 대학을 가게 되고, 후견인의 차 불빛에 비친 그의 긴 그림자에서 그를 키다리 아저씨라 부르게 된 쥬디가 키다리 아저씨에게 대학의 일상들을 편지로 쓰면서 그녀의 새로운 인생이 출발한다는 내용이다.

일찌감치 많은 전화가 기다려 있었다.

그들의 목소리는 한결같이 밝았으며, 날 사랑한다는 말을 해 주었다.

기적이 찾아온 이후부터 마이크를 내려놓을 땐 5분만 더 길었으면 하는 아쉬움이 따라 내려진다.

방송실을 나와서, 난 사장님과 저녁 식사를 앞에 두고 거울을 꺼내 들었다.

거울 속 나를 한참 바라보다가, 한 달 전의 내가 겹쳐졌다.

지금의 난 진짜 '나'가 맞을까?

난 이런 '나'가 아니었는데.

이번엔, 그 자리에 서 있던 아이 아빠의 모습이 보여지더니, 지금의 '나'를 있게 해 준 그의 '울림'이란 단어와 겹쳐진다.

아이를 처음 만났을 때, '어떤 존재가 이 일을 만들어 주고 있는 게 아닌가?' 했던 생각이 막 스쳐 지나간다.

퇴근 시간 가까이에서, 부장님이 내게, 저녁은 걸어갈 수 있는 곳으로 예약했으니 천천히 오라고 말해 주었다.

난 잠시나마 아일 기다리려는 심정으로 사장님과의 약속 시간보다 일찍 나와 있었다.

시간이 갈수록 바람이 차가워져 어깨가 움추려드는 것이 느껴진다.

어느 순간, 어제 봤던 그 차가 같은 자리에 서 있는 것이 내 시야로 들어왔다.

난 생각의 허락없이 한두 걸음 차를 향해 걸어가다, 나도 모르게 얼굴에 웃음꽃이 피어났다.

내가 맞았다.

차 문이 열리더니, 안에서, "아줌마"하며 그 아이가 달려 나왔다.

나도 반가움에 그냥 달려가 아일 꼬옥 끌어안았다.

"그날 약속을 못 지켜서 미안해. 사정이 있었어."

"아니에요. 괜찮아요. 아빠가 아줌마 얼굴이라도 볼 수 있을 거라 하시면서 여기 데려다주셨거든요. 정말이지, 아줌마 못 만나는 줄 알았어요."

"아빤 참 좋으신 분이시구나. 널 위해서라면 뭐든 해 주시는 분 같아."

"맞아요. 아빤 그래요. 아빠랑 차 안에서 아줌마를 봤는데요, 다른 약속이 있으신 줄 알았어요. 아빠가 거울로 아줌마 걸어오시는 거 보고서 날 기다렸는지 모르겠다 하셨어요. 저를 기다리셨던 거예요?"

"그럼. 아빠 차인 것 같아서 와 본거야. 어제도 널 기다렸어. 오늘 널 못 만나면 다음 주에도 널 기다리려 했어."

"와, 정말요?"

난 그날 일에 대해 사정 이야기를 하고 싶었지만, 아인 널 기다리려 했다는 나의 말에 마냥 신나 한다.

"아빠 있는 데로 가실래요? 우리 아빠 인사시켜 드릴게요."

"그래."

아인 나의 손을 잡고서 거의 뛰다시피 걸어갔다.

아빠는 아이가 내릴 때 차 밖에 나와 있었다.

내가 가까이 가자 그는 천천히 고개를 들더니, 멀리서 처음 인사를 나눴던 그날처럼 눈가와 입가로부터 싱그러운 웃음을 건네주었다.

그는 나이가 가늠이 안 될 정도의 맑은 얼굴색에 조용한 분위기를 지니고 있었다.

그는 무릎을 구부려 아이의 얼굴을 바라보면서 아이의 말에 미소 짓더니, 고갤 끄덕인다.

"아줌마, 우리 아빠예요."

"안녕하세요."

내가 인사를 건네자, 아빠는 고개만으로 인사를 해 주었다.

그는 수줍은 얼굴에도, 조심스럽게 시선을 나한테 두고 있다.

시선이 불편해서가 아니라, 눈빛이 너무 투명해서일까?

왠지 피하고 싶어진다.

인상적인 눈빛을 가진 아빠의 두 눈은 주린 듯 목마른 듯 촉촉하게 젖어 있었고, 두 눈동자는 두 개의 별이 들어와 어두워진 저녁을 밝혀 줄 것 같이 반짝반짝 빛나고 있었다.

그에게서 흘러나온 '울림'이라는 단어가 내 곁을 서성거린다.

반듯하게 다물어진 그의 입가는 그를 더욱 말이 없는 사람으로 보이게 해, '울림'을 물으려 먼저 말을 건넨다는 것이 좀 어려운 일일 거란 느낌마저 들었다.

사장님과 약속 시간이 다 된 것 같아, 난 아이에게 '다음에,'를 말해야 하는 데 쉽사리 떨어지질 않는다.

"오늘은 내가 갈 곳이 있어. 미안하지만, 아빠에게 여쭤보고 내일 다시 나올 수 있겠니?"

아이는 슬픈 표정을 지었다.

"내일은 못 나오거든요. 오늘 책을 읽어 주는 시간이 끝나고 내가 울적해 있으니까, 아빠가 그럼 얼굴이라도 볼 수 있을 거라 하시면서 여기 데려다주신 거였어요."

아이의 슬픈 표정에 내가 더 슬퍼진다.

"음, 내가 빨리 돌아올게. 날 기다려 주겠어?"

내일은 주말이고 "책을 읽어 주는 시간"이 쉬는 날이라, 아이가 기다려 준다면 늦어지더라도 부담스럽지가 않은 거다.

아인 내게, "저어, 잠깐만요." 하며, 아빠에게 말을 하려 하자, 아빤 다시 무릎을 구부려 아이의 얼굴을 바라보았다.

잠시 후에 난 아이와 아빠의 모습에서 뭔가를 알아차리게 되었다.

짐짓 놀라긴 했지만, 태연한 척 있어야 했다.

아빠가 '목소리'라 하지 않고 '울림'이라 했던 그 이유를 조금은 알 것 같았기 때문이다.

왜 아빠가 수줍어라 하면서도, 조심스레 내 얼굴을 계속 쳐다보고 있었는지도 알 것 같았다.

아마 내 입술을 보면서 내가 무슨 말을 하는지 보고 있었던 거다.

아이와 무릎을 구부려 있는 아빠와 그들 옆에 있는 나 사이로 바람이 불어왔다.

바람은 내 뺨을 살며시 지나치곤 호흡으로 들어와, 얼굴 표면 위로 지극히 따스한 공기를 내뿜어 주고 있다.

낯이 익은 바람이었다.

'그래, 나야.'

'어제 그 소리는 바로 나였어.'

신기하게도 바람이 내게 말을 건네고 있다.

'이제 알겠지? 아빠가 왜 울림이라 했는지. 이 마을에서 너만 기억하는 거야 그 울림을. 아빠는 소릴 듣지 못해 울림으로 세상을 느끼고 있어. 머지않아 그 울림에 무엇이 들어 있어서 널 '다른 너'로 만들어 줬는지 알게 될 거야.'

아이와 아빠는 바람이 와 있다는 것을 전혀 알지 못한 채 서로를 바라보며 대화에 열중해 있고, 바람은 내 머리 위에서 모든 소리를 말없이 듣고 있는 듯 그 여운을 뿌려 주며 내 머릿결을 시원하게 흩날리고 있다.

"아줌마, 일찍 오시는 거죠? 아빠에게 말씀드렸어요. 저어, 돌아오실 때까지 기다릴게요."

난 아이에게 빨리 오겠단 말을 해 주었고, 아빠에겐 웃으며 고개를 끄덕여 줬다.

아빠도 같이 고갤 끄덕여 주었다.

바람이 불고 있는 이곳에 속히 돌아와, 셋이 함께 있고픈 생각이 든다.

난 어서 걸음을 재촉했다.

식당엔 부장님과 사장님이 벌써 자리해 있었다.

부장님이 식사를 주문하겠다 하자, 내게 무엇을 좋아하는지 사장님이 물어보았다.

난 스파게티라 했다.

사장님은 정감있게 웃음을 띄우면서, 그러냐며 나도 그렇다고 말해 주었다.

부장님은 다 함께 같은 것으로 주문했다.

부장님과 사장님이 담솔 나누는 사이 식탁엔 음식이 차려졌고, 난 들키지 않게 간간이 시계를 보고 있었다.

사장님이 나와 부장님을 보며, 주말에 이 마을을 구경하고 싶다 하자, 옆에서 부장님은 내가 이 마을에서 태어나 자랐기 때문에 마을을 아주 잘 알아, 내가 잘 안내해 드릴 거라고 앞서 말하는 거다.

사장님은 그러냐면서 내게 의향을 물어봤다.

"네에",

난 나지막이 대답했다.

부장님의 싱글벙글 얼굴에 만족스런 미소 하나가 더해지고 있었다.

음식을 들면서, 사장님은 나에 대해 여러 이야기들을 묻는다.

'사장님'이라는 직함을 가진 분과 한 식탁에서 마주하며 나누게 되면 부담스러울 수 있는 대화이겠지만, 내 앞에 사장님은 상대방이 부담을 느끼거나 경계를 느끼지 않게 하는 매력을 가진 듯했다.

난 '사장님' 하면 어려운 분이라 여겨 왔지만, 내가 일하는 방송국 사장님은 겸손하고 사려가 깊은 분인 것 같다.

사장님과 이런저런 대활 나누면서 내일 일에 마음이 좀 놓여졌다.

시간이 자꾸만 흘러가 조바심이 일어나려는데, 마침 사장님은 내 맘을 읽었는지 내일을 위해 먼저 일어나겠느냐고 물어봐 주었다.

난, "네에", 하고 대답했다.

사장님은 부드러운 목소리로 내일 아침에 만나자는 말을 해 줬다.

부장님도 아침 일찍 집 앞으로 가겠다면서, 좋은 주말이 될 것 같단 말도 덧붙인다.

난 인사를 드리고 나와, 서둘러 달려갔다.

방송국으로 돌아가는 길은 훨씬 멀게 느껴졌다.

숨 가쁘게 달려온 나를 아이가 매우 기뻐해 주었고, 아빠도 옆에서 활짝 웃음을 보여 주었다.

난 셋이 가는 것을 생각했는데, 아빤 아이가 다 함께 가길 원하는 맘으로 말하는 것에 난감해하는 것 같다.

"아빤 배 안 고프시다고, 저하고 아줌마랑 먹는게 좋겠다 하세요."

하며 아이가 말해 줄 때, 내가 어색할 것 같아 아이에게 그렇게 말해 준 아빠의 마음이 느껴졌다.

"아줌마, 저도 배고프지 않거든요."

자신보다 상대방을 더 생각하는 마음을 가진 아빠와 어른보다 더 나은 말을 하는 아일 보면서, 이들은 우리가 속한 세상이 아닌 곳에 살고 있단 생각이 들었다.

난 평소 습관처럼 내가 선 땅을 내려다보았다.

아빠도 나와 같이 땅을 내려다보고 있는 게, 내가 그의 눈빛을 피하려 그러는 줄 알았나 보다.

이상하리만치 그의 말이 다 읽히는 것 같았다.

아인 주저주저하다가, "저어, 우리 집에 가자는 말씀드리고 싶었거든요. 아빠가 그건 아줌마를 불편하게 해 드리는 거라 했어요. 저기, 우리 집에 가실래요? 아빤 스파게티를 잘 만드세요. 같이 아빠 스파게티 먹으러 가실래요? 한다.

난 약간 망설여졌지만 내가 안 된다고 하면 아이가 실망할 것 같아서, 잠시 후에 좋다고 말해 주었다.

아이가 들뜬 목소리로 아빠에게 그것을 말해 주는 것 같았고, 아빠는 나에게 눈빛으로 미안해하면서 감사하다는 말을 전해 주었다.

내가 어떻게 그의 눈빛에서 그의 마음속 말을 읽을 수 있었는가는 전혀 모를 일이다.

아인 내 손을 잡은 채, 날 올려다보며 웃고 있다.

밝게 웃는 아이의 얼굴에 슬픈 듯 어둔 결이 언뜻 보여진다.

차 안에서, 난 아이와 뒷좌석에 앉았다.

난 속으로, '오늘은 스파게티를 두 번 먹는구나.' 생각하며, 아빠의 뒷모습을 바라보았다.

아인 졸린 듯이 눈을 비비면서, 지나치는 말로 그날 일을 꺼내 줬다.

"그저께 아줌마가 어떤 아저씨랑 같이 가시는 것 보고, 돌아오시는 거 기다리고 있었어요. 아빤 약간 떨어진 곳에 차를 세워 두셨는데, 내가 잠이 든 바람에 아빠가 깨워 주셨을 땐 너무 늦어 버린 거예요. 내가 잠들어 있으니까 아빠가 유리창 밖으로 손을 내밀고서 울림으로 아줌마를 알아보셨거든요. 울림으로 먼저 아줌마인지 알아보시고 저를 깨웠는데, 그게 너무 늦어 버린 거예요. 아줌마가 저를 못보고 그냥 가시는 거 보면서 저보다 아빠가 더 슬퍼하셨어요. 저한테 미안해하시면서요. 제가 아빠한테 미안한 일이 더 많은데 말이에요."

난 무슨 말이든, 어떤 사과의 말이든, 아이와 아빠에게 어울리지 않는 말이 될 거라 여겨져, 얼굴만 뜨거워졌다.

"아빤 듣지 못하시니까 울림으로 알아보시는데요, 손에서 울림을 느끼신다 하셨어요."

아이는 내 팔에 기대어 사르르 잠이 들었다.

창 틈 사이로 바람이 들어와, 붉어진 내 얼굴 위로, 잠이 든 아이의 얼굴 위로 살랑살랑 불어 주고 있다.

아이와 아빠가 사는 집은 시내에서 제법 떨어진 곳에 있었다.
난 잠에서 깨어난 아일 보며, 아이가 허기져 있을 것 같아 안쓰러운 마음이 들었다.
아인 내 손을 잡고 안으로 들어갔다.
집안은 고풍스러운 가구들과 고급스럽게 보이는 등들이 곳곳에 장식되어 있었고, 넓게 펼쳐져 보이는 부엌은 커다란 저택을 소재로 만든 고전 영화에서나 봄직한 예스러움이 풍겨 났다.
부엌에는 스파게티 재료들이 가지런히 놓여져 있었다.
아빠는 아이에게 날 식탁으로 안내해 주라고 하는 것 같았다.
"오늘이 마지막 날이어서 아빠가 스파게티를 만들어 준다 하셨거든요. 저녁에 잠깐이라도 아줌마 얼굴을 볼 수 있을지 모른다고 아빠가 방송국에 데려다주셨던 건데, 아줌마를 만나 같이 아빠가 만든 스파게티를 먹을 수 있다는 게 꿈만 같아요."
"왜 마지막 날이야?"
"저는 보육원에 있어요. 아빤 친아빠가 아니에요. 제가 좋아서 아빠라고 부르는 거예요. 낮에만 아빠 집에 같이 있어요. 제가 보육원에 돌아가는 시간이 늦어지게 되면 전화를 드리든지 미리 말씀드려야 해요. 원장님이 걱정하시거든요. 금요일은 아빠 집에서 자는 날이라 원장님이 아시니까 괜찮아요."

그때 원장님께 여쭤본다 했던, 그 원장님이구나.
왜 마지막 날이냐고 내가 먼저 물어보지 않아도 되었을 텐데

"저는 아빠랑 헤어져야 하는 것이 슬퍼요. 주말에는 보육원에 있어야 하기도 하지만, 내일부터는 월요일이 되더라도 여기 못 와요."
난 또 물어 보았다.
"왜?"
"새 부모님이 저를 기다리고 계셔요. 원장님께 아빠랑 조금만 더 있게 해 달라고 말씀드려서 지금까지 아빠 집에 올 수 있었던 거예요. 원장님이 새 부모님이 저를 무척 기다리신다 하시면서, 이젠 그분들을 따라 떠날 때가 되었다 하셨어요."
아이는 아빠가 요리하는 것을 뒤돌아보더니 말을 이어 갔다.
"아빠가 처음 보육원에 오셨을 땐 못 듣는 분이 아니셨어요. 아빤 근사한 목소리에 웃음소리도 듣기 좋았어요. 금요일마다 선물보따리를 잔뜩 싣고 와서 우리랑 놀아주시곤 했어요.
하루는 우리들 옷을 만들어 주신다 하셔서 다들 놀라하니까, 원장님이 아빤 옷을 잘 만드는 굉장히 유명한 디자이너라고 알려 주셨

어요. 저는 아빠가 오시는 금요일을 기다리는 게 좋았어요. 아빤 오겠다 하시는 그 날엔 꼭 오셨기 때문에 불안하지 않아도 됐었거든요. 아빠를 만나기 전에는 날 데려가겠다고 약속하셨던 부모님들을 기다리거나, 안 오실까 봐 불안했었던 보육원이 지루했어요. 처음엔 아빠도 그러시겠지 했었는데 원장님 말씀대로 아빤 절대로 아니었어요. 저는 아빠가 오시면 너무 반가워서 나도 모르게 안 떨어져 있었나 봐요. 친구들이 날 보고서 많이 부러워 했었어요.

아빠가 저에게, '아빠 집에서 아빠하고 같이 살까?' 말씀해 주셨을 때 얼마나 기뻤는지 몰라요. 저를 입양하겠다 말씀해 주셔서 정말 행복했었어요. 아빠가 저희들 옷을 다 만들어 주시고 제가 아빠랑 같이 보육원을 떠나던 날, 한쪽에서 아이들이 새총놀이를 하고 있었는데요... 저는 그날만 생각하면 우울해져요. 아빠가 무릎을 구부려 내 옷을 만져 주고 계셨을 때 새총알 하나가 잘못 날아 와서 귀를 세게 맞으신 거예요. 귀에서 마구 피가 나면서 얼마나 아프셨는지 말 한마디 못 하시고 쓰러지셨어요.

저는 나중에 알게 된 일인데요, 아빤 어려서 크게 병을 앓고 한쪽 귀가 안 들리셨대요. 저 때문에 다른 쪽 귀까지 못 듣게 되신 거예요. 저만 아니었으면 아빠에겐 아무 일도 일어나지 않았을 거예요. 의사 선생님 말씀대로 정말 기적이 일어났으면 좋겠어요."

아이는 눈물을 뚝뚝 흘리면서 흐느껴 울었다.

아이가 펼쳐 준 아빠와의 이야기는 슬픔이 배어 있었지만 진한 감동이 묻어 나오고 있어, 나로 하여금 말없이 귀를 주게 하였다.

난 아이에게 더 다가가 앉아 흐느끼는 아이의 어깨에 손을 얹어 주었다.

"제가 아빠 곁에 있겠다고 했는데, 아빤 저를 위해서 안 된다 하셨어요. 마음으로는 모든 것을 다 해 주고 싶지만 제가 어른이 될 때까지 필요한 일들을 아빠가 다 못해 준다 하시면서요. 원장님도 아빠가 절 많이 사랑하셔서 저에게 짐을 안 주려고 그런 결정하신 거니까, 아빠 말씀 따르는 게 좋겠다 하셨어요. 제가 새로운 부모님이 절 입양해 주시기 전까지만 아빠 곁에 있게 해 달라고 하니까 원장님이랑 두 분이서 허락해 주셨던 거예요."

난 아이가 내 품에 기댈 수 있도록 아이의 어깨를 끌어안아 주었다.

서글프게도 내가 할 수 있는 일이라곤 이것 밖에 없었다.

아이의 이야기를 들으면서, 이유는 모르겠지만, "책을 읽어 주는 시간"이 떠올랐다.

아이도 "책을 읽어 주는 시간"을 말한다.

"아빠는 제게 책을 읽어 주고 싶어 하셨어요. 아빠 대신 아줌마가 책을 잘 읽어 주신다고 "책을 읽어 주는 시간"을 들려주셨는데, 저도 아빠처럼 아줌마의 "책을 읽어 주는 시간"이 좋은 거예요. 제가 많이 좋아하는 거 보시고, 아빤 방송국 앞에 가면 아줌마를 만날 수 있을 거라 하시면서, 보육원 돌아가는 길에 항상 들러 주셨어요. 매일 그 앞에서 기다리다가, 그날 아줌마를 만나게 됐던 거예요."

난 아이를 만나면 물어보고 싶은 것이 있었다.

"내게 전화했던 날 기억해? 어떻게 전화하게 됐던 거야?"

"아빠가 아줌마 울림이 그날따라 외롭고 슬프게 울린다 하셨어요. 아빠도 같이 슬퍼지신다고, 아줌마에게 힘 주는 말을 전했으면 좋겠다 하셨어요. 그 시간 끝에 전화하면 받을 지도 모른다고 하셔서 두근두근 떨리는 마음으로 전화를 했었는데 아줌마가 받아 주셨던 거예요. 아줌마 목소릴 들으니까 금방 맘이 편해져서요, 아빠랑 "책을 읽어 주는 시간" 얘기할 때면 주고받았던 말들을 그냥 말씀드리게 됐어요."

난, 가슴이 젖어드는데, 시리고 아려왔다.

아빠와 아인 자신들의 아픔일랑 아무것도 아니게 여기고는, 다만 티 없이 맑은 마음으로 내 목소리를 품어 주며 슬픔에 젖은 나의 "책을 읽어 주는 시간"을 들어 주면서, 내게 힘 내라고 위로해 주기 위해 전화를 걸어 주었던 거다.

내 앞에 도저히 꿈적도 하지 않을 것 같았던 그 벽은 천둥 번개가 기적을 일으켜 허물게 해 주었던 것이 아니라, 이들의 꾸밈없는 순수한 마음이 잔잔한 울림으로 세상에 나와, 사람들의 마음을 움직여 내 인생에 기적을 일으켜 준 것이다.

그랬다.

그것은. '마음'이었다.

'감사하다'는 말은 세속에 깊이 물들어 버린 것 같아 그 이상의 단어를 찾아야 했지만, 내가 알고 있는 지상의 단어들이 짧다는 생각이 들어, 난 그저 입을 꾹 다물 수밖에 없었다.

"아줌마가 "사랑의 요정"을 시작해 주셨을 때 아빠가 정말 좋아하셨어요. 어린 시절이 생각난다 하시면서요. 아빤 아줌마가 책을 읽어 주시는 시간에 듣지는 못하시더라도 울림으로 책 내용하고 어린 시절의 추억까지 다 느낄 수 있다 하셨어요."

아이에게 전화가 왔던 그날이 떠올려진다.

아무도 들어 주지 않는 "책을 읽어 주는 시간"에 나의 "사랑의 요정"마저 나 때문에 외로움과 소외감을 갖게 되었다며 자책했던 그때에도, 보이진 않았지만 확실히 "한 사람"이 존재하고 있었다.

나에게 "한 사람"이라는 큰 선물을 준 아이가 정작 큰 슬픔에 빠져 있는데, 아무것도 해 주지 못하는 무기력한 난 지금, 하늘에 비는 내리지 않고 먹구름만 잔뜩 낀 답답한 심정일 뿐이다.

나와 아이 곁으로 아빠가 다가와 있어, 난 고갤 들었다.

아빠는 아이 가까이에서 무릎을 구부려 있었고, 아인 아빠를 보더니 와락 끌어안았다.

아인 아빠를 보며, "아빠랑 헤어지기 싫어요. 아빠하고 같이 지금
처럼 매일 아줌마 목소리가 나오는 "책을 읽어 주는 시간"을 듣고
싶어요." 하자, 아빤 애써 웃음 짓는 얼굴을 보여 주었다.

아빠는 아이의 손을 아빠 가슴에 갖다 대면서, '너는 항상 내 마음
에 있단다.'를, 아빠의 손을 아이의 가슴에 갖다 대면서, '아빤 항
상 너의 마음에 있단다.'를 말하는 것 같았다.

이들에 비춰진 난, 때가 묻은 탁한 색의 옷을 입고 있어, 이 옷이
이들의 세상을 오염시키는 게 아닐까 하는 맘에, 나 스스로 자괴감
이 드는 거다.

아빠가 아이의 눈물을 닦아줄 때 나도 슬며시 눈물을 닦았다.

아빤 아이에게, 아빠가 스파게티를 맛있게 만들었다고 말하는 것
같았다.

그는 일어나 음식을 식탁에 차리기 시작했고, 도와주러 일어서 있
는 나에겐 앉아 있으라 말을 해 주는 것 같았다.

난 그의 말을 알아듣고 있다.

그가 자리에 앉았을 때, 그에게서 바람이 일어 식탁 중앙에 장식해
놓은 꽃과 초의 향을 은은하게 흘려 주었다.

아빠의 스파게티를 보면서, 난 저녁에 무엇을 먹었는가 기억이 나
지 않는다.

내 앞에 맛있게 보이는 스파게티를 보고 있을 뿐이다.

아이와 아빠는 속으로 감사 기도를 하는 듯했다.

눈을 뜨고 아이와 아빠는 서로에게도 감사의 말을 하는 것 같았다.

아이는 음식을 먹으면서, 아빠의 얼굴을 보며, "아빠가 만들어 주신 스파게티가 제일 맛있어요." 하자, 아빤 환한 웃음으로 대답을 해 주었다.

그는 아이에게 했던 것처럼 나에게도 환히 웃어 주고서, 음식을 들기 시작했다.

아이와 아빠와 함께 있는 이 식탁엔, 오래 전 그림 속에서 한번 본 듯한, 그런 만찬의 정겨움이 감돈다.

나도 그에게 말을 하고 싶었다.

난 그가 날 보게 하려고 그의 손등에 거의 닿을 정도로 내 손끝을 갖다 대었다.

그의 손에서 작은 떨림이 가늘게 전달되어진다.

그가 고갤 들어 날 바라보았다.

"나도 너무 맛있어요."

그는 내 말에 조금 길게 날 바라본다.

고맙다는 말을 하는 것 같았다.

난 신기하리만치 그의 말을 알아듣고 있다.

그의 눈빛에선 다른 말도 있었지만, 거기 다다르기는 결코 쉬운 일이 아닐 것이다.

가까이에서 보는 그의 눈빛은 마치 푸른 대양 같이 깊은 바다 빛을 띠고 있다.

마음에 있는 것을 거짓 없이 보여 주는 그의 눈빛으로 내가 그의 말을 알아듣는 것이, 말은 치장이며 선을 위장하고 있다는 생각이 들었다.

그의 투명한 눈빛을 보며, 말은 마음 속에 있는 것을 그대로 드러 내지 않으면서 종종 선을 가장하고 있지만, 우린 그것을 판단할 능 력을 갖지 못한 채 바로 듣고 믿어 버리게 되는 모순된 세상에 살 고 있다는 것이 느껴졌다.

지금 내 앞에 있는 그는 말이 없는 세상에 살면서 마음속에 있는 진실을 눈에 담아 세상과 교류하고 있으며, 그의 마음을 소리 없이 보여 주는 그의 눈빛은 잠잠히 내 마음도 들여다보는 것 같이 투명 하게 빛을 내고 있다.

내가 처음 그와 마주할 때 왜 그의 시선을 피하고 싶었는지 이제야 명확히 알 것 같다.

내 마음을 들여다보는 듯한 유리알처럼 투명한 그의 눈빛에서, '나'가 그대로 비쳐져 있었다는 걸 난 알았기 때문인 것이다.

그가 어떤 어려움을 안고 살아가는지 내가 알았었다 하더라도, 그 의 눈빛은 내게 마찬가지로 보였을 거다.

아이는 아빠에게 맛있다며 연신 웃는다.

난 그와 그의 스파게티를 보면서, 오후에 거울 속의 나를 바라봤던 일이 생각났다.

이 세상엔 나의 소리를 들어 주는 단 "한 사람"이 없다고 절망했던 순간에, 극적으로 나의 소리를 들어 주는 "한 사람"이 나타나 날 건져내 주었으며, 또한 그 "한 사람"은 내가 '다른 나'가 될 수 있게 해 주었는데, 그는 들을 수가 없는 사람이었다.

들을 수 있는 사람이 많다 할지라도 아무도 들어 주지 않았을 때 듣지 못하는 그가 나의 소리를 들어 준 그 "한 사람"이 되었던 것이다.

그는, 내가 보고 있는지를 전혀 모르는 것 같이, 간혹 아이와 날 쳐다보면서 음식이 부족하면 채워 주려고 물어보는 것 같았다.

나의 "한 사람"이 되어 준 그에게 다시 말을 하고 싶어, 난 한 번 더 그의 손등에 내 손끝을 갖다 대었다.

"이렇게 맛있는 스파게티는 처음이예요."

"세상에서 가장 맛있는 스파게티를 이 식탁에서 먹고 있어요."

갑자기 그의 얼굴에 여린 붉은 색 물감이 번지더니, 지금 그 자리에는 조금 전 그 "한 사람"이 아닌, 발그레한 맑은 얼굴색을 가진 파리 교회 소년합창단의 한 소년이 수줍은 표정을 지으며 앉아 있다.

그는 곧 식탁 위에 야무지게 비어 있는 그릇들을 보고, 치우고 가겠다며 다들 거실에 앉아 있으라 했다.

소파에 앉아 있던 아인 스르르 잠이 들어 버렸다.

새근새근 잠이 든 아일 바라보면서, 난 여기에 시간들이 단 하나의 순간처럼 소중히 여겨져 내일 아침 일찍 서둘러야 할 일이 있다는 어떤 내색도 하고 싶지 않았다.

그는 나와 아이에게 주려고 홍차와 코코아를 가져 왔다.

아이의 잠든 모습을 바라보는 그의 눈이 금방 젖어들었다.

그는 아이의 머리와 얼굴을 자상하게 쓰다듬어 주면서 이마에 입 맞춤을 해 주었다.

그가 아일 진심으로 사랑한다는 것이 가슴속에서 느껴졌다.

그는 내게 차 들겠는지 묻는 듯 보였고, 내가 좋다고 하자 홍차를 앞에 놓아 주었다.

난 적을 것이 필요할 것 같아 가방에서 노트와 펜을 꺼냈다.

그는 노트와 펜과 날 바라보고는, 순간이었지만, 전혀 알 수 없는 깊은 심연의 눈빛을 내게 띄웠다.

그가 먼저 펜을 들었다.

'당신이 우리 집에 와서 내가 만든 스파게티를 먹었다는 것이 믿어지지 않아요. 당신께 고마워요.'

'난 더 감사한걸요. 내게 전화를 해 줘서 고마워요. 난 그 전화로 전과 다르게 살고 있어요. 오늘 내가 당신 집으로 와서 스파게티를 먹을 수 있게 된 것은, 맞아요, 이 모든 일은 당신이 만들어 주신

거예요.'

그가 나의 "한 사람"이 되어 주었다는 말을 하고 싶었지만 어떻게 말을 해야 할지 그 방법을 알지 못해 난 쓰는 것을 멈춰야 했다.

마음 한편에선 소중한 것일수록 말을 하게 되면 퇴색이 될 거란 문장 하나가 떠올려졌다.

그는 무슨 생각에 잠긴 사람처럼 한참 동안 가만히 날 쳐다보고 있다.

무슨 말을 할 것 같은 그의 눈동자 안에는 '나'가 있고, 지금은 그가 내게 말을 하는 것이 아니라 그 안에 있는 '나'가 날 보면서 나 자신에게 말을 한다는 느낌이 들었다.

난 지금 가면과 위장을 다 버린 채 진짜 '나'가 보여져, 누가 날 알아볼까 봐 숨어야 했지만, 오히려 그의 눈동자 안에 있는 난, 나 자신에게 가장 솔직해 있어 어디에서든 누구에게든 '나'가 걸림이 된 적이 있었다면 아주 사소한 것 조차도 이 순간엔 모든 것에 용서를 구하고 싶어졌다.

몇 초의 시간이 흘렀다.

그가 펜을 들어 이번엔 "사랑의 요정"을 말해 주었다.

'어린 시절 "사랑의 요정"을 읽으면서, 마을의 축제가 있던 날 파데트가 랑드리와 춤을 출 때 예쁜 옷을 입었으면 좋았을 텐데, 생각했어요. 그녀를 위해 예쁜 옷을 만들어 주고 싶었어요.'

나도 펜으로 "사랑의 요정"을 말해 주었다.

'난 어린 시절에 "사랑의 요정"을 읽으면서, 내가 파데트가 된 것처럼 마을의 축제일에 입을 예쁜 옷이 있었으면 좋겠다고, 예쁘게 옷을 입고 랑드리와 춤을 추면 좋을 텐데, 생각했었어요.'

그와 난 서로의 얼굴을 보고 웃어 주었다.

그의 웃음 속에선 아직까지 그의 어린 시절이 남아 있어 보였지만, 난 그렇지 않다는 걸 나 스스로 잘 알고 있다.

그가 이렇게 밝은 사람인 줄 모르고, 조용한 분위기의 먼저 말을 건네기 어려울 것 같았던 그의 첫 인상이 떠올랐다.

그의 '울림'이라는 단어가 그에게 물어봐 주길 바라는 듯 내 곁을 서성인다.

'울림이 궁금해요. 아이가 전화로 당신의 울림을 말했을 때부터 궁금했어요.'

그는 뭔가를 생각하는 듯 천천히 펜을 움직였다.

그가 펜을 움직일 때마다 그에게서 바람이 불어와 내 뺨을 어루만져 주는 것 같았고, 그가 한 글자 한 글자 적어갈 때마다 바람이 그의 펜에 들어가 내게 말을 해 주는 것 같았다.

'오랜 잠에서 깨어나고 아무것도 들리지 않았을 때, 처음엔 못 듣는다는 사실에 절망했었습니다. 나중에 퇴원할 때 즈음에는 사람들 사이에서 어떻게 지내야 할지 현실이 더 절망적이고 암담했었어요.

의사선생님은 입술을 보면서 말을 읽어 나갈 수 있는 훈련을 해야 한다고 하시며, 나에게 무슨 말씀을 하실 때마다 당신의 입술을 보게 하셨어요. 어느 날 선생님의 입술을 보면서 놀라운 사실을 발견하게 되었습니다. 선생님 입술이 움직일 될 때마다 시원한 바람이 같이 불어오더니, 거의 동시에 내 손끝으로 뭔가가 맞닿아서 실오라기같이 가늘게 울리고 있다는 것이 느껴졌어요. 난 손끝을 보다가 얼른 의사선생님의 입술을 바라보았었죠. 입술의 작은 움직임이 있을 때마다, 선생님이 한마디 하실 때마다, 바람은 마치 대기하고 있었다는 듯 그 말이 소리를 낼 수 있도록 돕는 것이 보였습니다. 그 사실을 알 수 있었던 것은, 바로 옆에서 내가 그 바람을 느꼈기 때문이었어요.

난 말이 나오는 소리든, 사물들이 부딪히며 만들어 내는 소리든, 모든 소리는 바람이 따라와 울림으로 전달된다는 것을 알게 되었어요. 귀로 들었을 땐 전혀 몰랐던 '바람'이라는 것과 '울림'이라는 것을 알게 된 거죠. 바람은 항상 우리 곁에 있으면서 아주 작은 흔들림만 있으면 크고 작은 모든 소리들을 곧바로 '울림'으로써 세상에 전해 준다는 사실을 처음으로 알게 된 겁니다.

그 후로 난 울림을 더욱 알아 가려고 짧지 않은 시간들을 훈련하면서 세상의 많은 것들의 각기 다른 울림들을 느낄 수 있게 되었어요. 난 울림을 배우며 다시 살아갈 수 있는 새로운 소망이 생겨나기 시작했습니다. 아무것도 들리지 않아도 울림으로 서로의 울림을 알 수 있다는 것을 깨닫게 되었고, 서로 같이 울리게 될 때 나의 소리도 밖으로 나올 수 있게 된다는 사실을 알게 되었으니까요. 손끝으로 울림을 느낄 수 있도록 그 울림들을 알아 가는 과정이 힘들었던 만큼 깨달음도 컸습니다. 아직까지 그 울림들을 다 알 수 있는 건 아니지만, 네에, 난 지금도 알아가는 길에 있어요.'

그의 펜은 계속 천천히 움직이고 있다.

여리게 그의 숨소리가 들려 질 때마다, 그의 호흡에서 바람이 실려 나와 그의 펜을 움직여, 평범하지 않은 그의 이야기를 내게 들려주고 있다.

그는 나를 한번 바라보고는 이것을 적어 주었다.

'울린다는 뜻은 같지만, 세상에 같은 것이 하나도 없는 것처럼 '울림'들도 그 생김이 다 달라요. 곁에 어떤 바람이 있어 그 소릴 밖으로 낼 수 있도록 돕는가는 정말 중요한 일이에요.

'말소리'만 해도 그렇습니다. 같은 말소리라 하더라도 그 바람에 따라 울림들이 달라지니까요. 어느 바람의 도움으로 말소리에서 맑은 울림들이 울려져 세상으로 나오게 된다면, 그 울림은 사람들에게 소망을 이루는 말의 힘을 가지고 울리게 되지요. 어떤 바람이 도왔는지 다른 어두운 울림들도 울려 나오긴 하지만, 그건 어떤 힘

인가 잘 모르겠어요. 밖으로 나오게 될 때 사람들 사이에서 오래 가진 못하거든요.'

난 그의 눈을 바라보았다.

맑고 순수한 깨끗한 눈이었다.

누구를 원망한 적도 없고 더 갖겠다 욕심을 낸 적도 없어 보이는 그의 눈빛에서, 왠지 세상에 무섭고 어두운 울림이 나오게 되더라도 그것이 힘을 못 쓰도록 그가 자신이 가진 순수한 울림으로 우리를 보호해 줄 거라 여겨졌다.

'책을 읽어 주는 시간에 당신의 울림은, 내 손끝에서, 추운 겨울을 거쳐 불어오는 봄바람같이 희망을 울리고 있었어요. "책을 읽어 주는 시간"에 당신이 울리는 희망의 울림에 서로 같이 울려 주는 "한 사람"이 있게 된다면, 그 울림은 이제 힘을 가지고 세상 밖으로 나와 당신의 소망을 현실 세계로 이끌어 주게 됩니다. 소망이 현실이 된 당신은 그러면, 따뜻한 계절을 기다리는 추운 겨울에 있는 사람들에게 서로 같이 울려 주는 그 "한 사람"이 될 수 있어서, 그들에게 봄의 희망을 주며 생생한 기운을 전달해 줄 수 있게 되는 거죠.'

그가 적어 준 '울림'을 읽으며, 난 누군가 소중하게 간직했던 책 한 권을 선물로 받아, 지금 읽고 있다는 느낌이 들었다.

그도 "한 사람"에 대해 말을 했다.

그가 말해 준 나의 '울림'은 나의 소리만으로 이루어진 것이 아니라, 그 "한 사람"이 같이 울려 주며 만들어진 한 울림이었을 것이다.

그날 아이가 아빠의 '울림'을 말했을 때, 그들 마음속에 있었던 '순수'라는 힘을 가진 '울림'이 나의 울림에 같이 울리게 되었고, 나의 연약한 울림을 통해 세상 밖으로 나온 그 울림은 '나'를, '우리'를, 이 마을을, 그리고 도시 전체를 다른 존재로 만들어 주었다는 생각이 진리처럼 들어왔다.

"책을 읽어 주는 시간"에 간직했던 나의 희망이 세상 밖으로 나올 수 있었던 것은, 그의 울림이 함께 울려 주었기에 가능한 일이었고, "활기"라는 단어가 이 마을에 찾아와서는, '희망은 어떤 힘든 상황에서도 결코 너휠 떠나지 않아' 하며 사람들에게 생기를 불어넣어 삶의 용기를 솟게 했던 것도 나의 울림만으로 된 일은 아니었다.

내 작고 연약한 울림을 통해서 그의 울림이 세상 밖으로 나오게 되었다 할지라도, 진실한 마음속에 보석같이 빛나는 그의 순수한 울림이야말로 세상 어디서도 찾아볼 수 없는 강력한 검이었기에 세상 어떤 것보다 가장 큰 힘을 가질 수 있어, 절망이라는 무서운 울림을 가진 현실의 벽 앞에서 '나'와 '우리'를 보호해 줄 수 있었던 것이며, 그 '순수'라는 울림엔 현실의 벽을 허물고 세상을 이길 만한 그 이상의 힘까지 가지고 있어, '나'를 '다른 나'로 만들어 주었던 것이다.

불현듯, 저녁 무렵 내게 말을 걸어주었던 바람의 그 신비스런 일이
생각났다.

바람이 들려준 이야기도 같이 떠올랐다.

'머지 않아 그 울림에 무엇이 들어 있어서 너를 '다른 너'로 만들어
줬는지 알게 될 거야.'

'순수', 이것이었어.

내가 말하고 있었어.

그래, '순수한 마음' 이었던 거야.

그가 쓰고 있는 펜과 '나' 사이로 바람이 불어온다.

거기에서 실려 나온 한 줄기 바람이 내 이마를 스치는 것 같더니,
바로 뒤이어, 나를 '다른 나'로 만들어 준 그의 '울림' 안엔 '순수한
마음'과 특별한 다른 하나가 더 있지 않을까 하는 생각이 들어왔다.

'뭔가 큰 것을 얻게 되면 잃는 것이 생긴다는 말이 맞는가 봐요. 난
상대방이 나의 소리를 들을 수 있도록 목소리라도 낼 수 있었는데,
울림을 알아 가면서 방법을 잊어버렸는지 목소리를 내는 것이 어
려워졌어요.'

'쓰느라고 읽느라고 힘들게 해서 많이 미안해요.'

'그렇지 않아요. 진주 같은 보배로운 이야기들이에요.'

그는 내 말을 읽고, 한참 동안 짐작도 하기 어려운 눈빛으로 날 바라보며 내게 말을 건넨다.

만약 다른 누군가가 날 이리 오래도록 바라보고 있다면 기분이 어떤지, 아마 불편한 느낌일 수 있겠지만, 내 앞에 그는 다른 누군가가 아니라 내가 안심을 느끼게 되는 나의 "한 사람"인 거다.

잠깐의 침묵이 흘렀다.

그가 다시 펜을 들어 글자들을 적는다.

'나와 같이 있는 거 힘들지 않아요? 불편하지 않아요?'

'아니에요. 당신이 "사랑의 요정"을 이야기 할 때 어린 날들이 생각났어요. 어려서 그 책을 읽은 후 '사랑의 요정'은 내게서 떠난 적이 없었어요. 나의 '사랑의 요정'처럼 당신과도 오랜 옛날부터 친구였는지도 몰라요. 이러면 내가 당신을 불편하게 하는 건가요?'

난 나도 모르게 웃음을 짓고 있다.

'난... 당신이 나를 친구라 말해 줘서, 내 말을 들어 주고 믿어 줘서 고마워요. 난 당신의 울림에서 그것을 느낄 수 있어요. 내가 못 듣는 것을 알게 되면 말을 건네다가도 가버리는데 당신은 내게 펜을 건네주었어요.'

그는 글자를 적으면서, 내게 뭔가 말하는 눈빛을 조용히, 조금 길게 비추었다.

'많이 늦었어요. 내가 당신 집에 데려다주고 싶어요. 괜찮겠어요?'

그가 펜으로 묻는다.

난 그에게 고갤 끄덕여 주며 고맙다고 말했다.

그는 코틀 입고 있는 날 보더니, 잠깐 기다리라는 것 같았다.

잠든 아이에게 담요를 덮어 주고는 조심히 안아 들었다.

난 그를 따라 나와, 차 있는 데로 같이 걸어갔다.

그는 내게 앞에 앉으라 하고, 차 뒷좌석엔 아이를 눕혀 놓았다.

그가 펜을 움직일 때처럼, 차 안에서도 그의 움직임은 바람을 일으키고 있다.

그의 포근한 바람은 날 안온히 감싸 주며, 그에게서 불어오는 상쾌한 바람은 날 숲으로 이끌고 있어, 한밤중이 훨씬 지나 있었지만 졸립거나 피곤한 생각이 들지 않았다.

난 그에게 집으로 가는 길을 적어 주었다.

집까지 가려면 방송국을 거쳐야 하는데, 물어볼 말이 떠올라 하나를 더 적었다.

'어제 방송국 앞에서, 당신인 것 같았어요.'

그는 고개를 끄덕였다.

난 물어보고 싶은 것이 있었지만, 아이에 대해 물어 보는 것으로 글자를 이어갔다.

그래야 될 것 같았다.

'아이가 보육원을 떠나기 전에 가서 만나도 될까요? 같이 가 주시

겠어요?'

그것을 읽고 있는 그의 눈이 촉촉해진다.

'월요일에 시간 있으세요? 제가 일이 끝나는 시간에 같이 갈까요?'

그는 고개를 끄덕이면서 나에게 고맙단 말을 하는 것 같았다.

그 뒤에 있는 눈빛의 말들은, 마치 어려운 수수께끼와 같아, 내 스스로 풀기엔 역부족이라는 생각이 들었다.

그의 차는 말없이 밤길을 가르며 날 집에 데려다주었다.

그가 나에게 이 글을 적어 주었다.

'많이 늦었어요. 내가 말을 할 줄 알았다면 이렇게 늦어지지 않았을 텐데요. 나의 인생에서 오늘 같은 날이 오리라는 것을 알았다면 말하는 것을 배워 뒀을 텐데요.'

그것을 읽으면서 난 그의 눈빛을 바라보았다.

내가 알 수 없었던 말 하나가 풀어진 느낌이었다.

그의 이 같은 눈빛을 보며, '또 내가 알 수 없겠구나.' 하고 속으로 생각할 때 노트에 곧바로 적어 준 말이었기 때문이다.

그 말이 아닐 수도 있다고 누군가가 묻는다면, 난 그저 직감적으로 알 수 있었다는 답을 해 줄 것이다.

그에게서 바람이 불어온다.

그의 펜은 쉼 없이 그의 말들을 적어 보여주고 있다.

'당신이 내가 좋아하는 '사랑의 요정'을 읽어 주면서부터, 희망을 울리던 당신의 울림에서 슬픔과 외로움의 울림이 내게 전해지면서부터, 내 맘에 소원 하나를 더 두게 되었어요. 나의 두 번째 소원을 갖게 된 거죠.'

'당신의 두 번째 소원, 물어보고 싶어요.'

'언젠가, 나중에요. 이루어졌는지도 모르니까요.'

그의 눈빛에서 내가 알 수 없었던 말 하난 풀었다 하더라도 아직 하나둘 남아 있는 말들에 대해서는, 다음에 풀도록 기회를 미루든가, 아니면 그럴 기회가 없다면 못 푼 채로 지나는 수밖에 없을 거란 생각이 들었다.

내가 펜과 노트를 가방에 넣는 사이, 그는 차 밖으로 나와 문을 열어 주었다.

차 안에선 아이가 곤히 잠들어 있었고, 아이를 대신해 그와 난 밖에 서서 밤 인사를 했다.

난, '어서 들어가 쉬어요. 잘 자요.' 하는 그의 말을 알아들을 수 있었다.

그는, "네에, 월요일에 만나요." 하는 나의 말에 고개를 끄덕였다.

내가 집안으로 들어가자, 그는 내가 들어가는 것을 보고 그곳을 떠났다.

그의 울림이 잔잔히 내 주변에 울려진다.

마치 오래 전부터 알고 있었던 사람처럼, 그의 호흡이 내게 익숙하단 느낌이 들었다.

밤은 내게 새벽같이 일어나야 할 것을 상기시켜 주며 날 서둘러 잠자리에 들게 했다.

몇 시간이나 잤을까? 금방 알람이 울려버렸다.

어제 밤 그의 집에 갔던 일을 아로새길 틈도 없이, 거의 부장님 오실 시간이 된 것 같아, 난 서둘러야 했다.

나갈 준비를 마치고 집을 나서려 할 때, 부장님 차도 막 오고 있는 게 보인다.

부장님은 햇살이 비쳐진 얼굴로 아침 인사를 해 주었다.

차 안에서 부장님의 얼굴은 시종 싱글벙글이었고, 사장님이 날 잘 보신 것 같다며, 그간 고생 많이 했는데 좋은 일이 생길 거란 얘기를 한 번 더 해 주는 거다.

난 속으로 나에게 말했다.

하루하루가 이렇게 행복한데, 더 좋은 일이 생길 수 있을까?

차는 마을을 훌쩍 지나 마을 외곽에 자리한 바닷가로 안착했다.

사장님 차는 일찍 도착해서 사장님이 밖에 나와 있었다.

이곳은 작은 마을이긴 하지만 곳곳에 호수가 있고 마을 중심부에는 놀이공원이 있어, 문만 열고 나가면 도시에선 볼 수 없는 한가로운 정경들을 언제든지 만날 수 있게 된다.

특히나 모래사장이 멋들어진 이 작은 바닷가 근처에는 명화같은 카페들과 음식점들이 로맨틱하게 줄지어 서 있어 주말엔 관광객들이 적지 않게 모여 들곤 한다.

사장님은, 이른 시간인데도 주말이라 사람들이 많다면서, 이 마을의 휴일은 주변의 경치 자체로나 한가로이 휴식을 즐기는 사람들의 모습 자체로 예술 작품이 되는 것 같다고 했다.

사장님이, 매일 "책을 읽어 주는 시간"의 집배원이 마을에 휴식을 전달해, 이 마을은 매일이 휴일일 거라 말하자, 부장님도 맞다면서 흐뭇해하는 표정으로 날 바라보는 거다.

부장님은 부인과 아이들이 기다리고 있다며, 오후에 놀이공원에서 만나는 걸 약속하고 자릴 떠났다.

사장님과 난 모래사장을 걸으면서 여러 이야길 나누게 되었다.

사장님은, 도시에 가 사는 걸 고민해 본 적이 있는지를 내게 묻는다.

난 여길 떠난 적은 없지만 방송국에서 책을 읽어 주는 일을 갖기 전엔 도시가 아니더라도 이곳을 떠나는 것에 종종 생각해 본 적이 있었다고, 이 일을 시작하고서 처음 힘들었던 시간들이 많았는데,

그땐 도시가 됐든 여길 떠나야겠단 각오를 했었다고 솔직히 말해
줬다.

사장님은 그랬냐며 고개를 끄덕이면서, 조금 있다가, 그럼 지금은
만족하는지를 물어봐 주었다.

난 그렇다고 대답했다.

사장님은, 이 지역의 바람은 도시의 것과 다르게 순수함과 깨끗함
이 느껴진다면서, "책을 읽어 주는 시간"의 내 목소리 같다고 했다.

여기에 긴 출장을 온 것은 "책을 읽어 주는 시간"의 날 만나보고 싶
어서였다며, 나와 대화하는 게 즐겁다고 말해 줬다.

난 얼굴이 붉어지는 게 느껴졌다.

사장님과 같이 걷고 있던 모래사장에 바람이 불어오더니, 바닷물
이 금방 밀려들어 사장님과 나의 발을 적셔 버렸다.

내가 급히 뒷걸음치다 넘어지려 하자, 사장님이 얼른 날 붙들어 안
아 일으켜 주었다.

사장님 옷이 젖어 버린 걸 보고 죄송한 마음이 들었지만, 그보다는
사장님 품에 안겨 버린 것에 창피한 생각이 크게 드는 거다.

사장님이 날 보고 있는 것 같아, 난 고갤 들지 못하고 있었다.

사장님은 이 마을이 맘에 든다며, 방문객들에게 행운을 전해 주는
곳이라면서, 나와의 대화조차 한 시간을 일 분으로 만들어 버려 점
심시간이 지난 줄 몰랐다고 했다.

이 바닷가에는 멋진 식당이나 분위기 있는 카페가 많은 것 같다고, 내게 어디가 좋겠는지를 물어보았다.

사장님은 망설이는 날 보면서, 뭔가 생각났다는 듯 얼굴에 미소 지으며, 서로 옷이 젖었으니 음식을 사가지고 바다가 보이는 곳으로 가는 게 어떠냐고 했다.

내가 좋다고 하자, 사장님은 바로 뛰어가 잠시 후에 맛있어 보이는 샌드위치와 시원한 음료를 사 들고 돌아왔다.

또 젖으면 안 될 거라는 것을 알고서, 이번엔 바다 물거품이 다가오지 못 하는 곳에 자리를 같이해 나란히 앉았다.

사장님과 함께 있는 이곳 사방에서 바람이 불어왔다.

아이 아빠와 있을 때처럼 따스한 공기를 내놓진 않았다.

내가 다른 바람이라 여기게 된 것은, 같은 바람이었다면 어제 아빠에 대해 들려주었듯이, 오늘 사장님에 대해서도 이야길 들려주었겠지만, 지금 이 바람은 아무런 말이 없어서다.

난 그의 '울림'을 떠올려 보았다.

사장님의 웃음은 어떤 울림일까?

그는 사장님의 울림을 뭐라 말할까?

그는 잘 알 수 있을 텐데.

부장님이 놀이공원에서 만나자 했던 시간이 다 되어 갔다.

사장님은, "이제 일어나야겠어요." 하며, 일어서서는 내게 손을 내밀어 주었다.

난 나도 모르게 사장님 손을 잡으려다, 날 그만 멈추게 했다.

사장님은 이미 내 손을 잡아 주며 날 일으켜 주었고, 내 뺨 위로는 심하게 열이 오르기 시작하였다.

차 있는 곳까지 걸어가는 동안, 난 한 번도 얼굴을 들지 못하고 있었다.

차 안에서 사장님은, 내가 실수가 있었다면 미안하다고 했다.

아니, 그건 결코 아니었다.

이유는 내 마음에 있었다.

내 맘이 사장님에게 다가가고 있다는 걸 내가 알게 되어서이다.

조금 전 사장님께 향했던 손을 멈췄던 것 같이, 내 마음을 멈춰야 한다.

사장님과 내가 놀이공원에 도착하자, 저쯤에서 부장님과 가족이 손을 흔들어 주었다.

그들의 웃음소리가 마냥 즐겁게 들렸다.

부장님의 가족은 익히 알고 있어, 두 딸이 달려와 날 반가워하는 것은 자연스러운 일이었다.

사장님은 그것을 보며, 얼굴이 밝아지고 있었다.

그제서야 나에 대해 마음이 놓였는가 보다.

난 사장님의 얼굴이 밝아지는 걸 보면서 미안한 마음이 들었다.

　사장님은 좋은 분이에요.

　내가 더 가면 안 되기 때문이에요.

　나의 이런 마음이 전달될 수 있을까요?

　아이 아빠와는 말을 하지 않더라도 서로의 마음이 전달되었었는데,

　그래, 사장님은 아이 아빠가 아니니까.

속으로 이런저런 대활 하고는, 난 그냥 웃어버렸다.

놀이공원에서의 시간은 아이들 웃음소리와 메리-고우-라운드 목마가 돌아가면서 나오는 음악소리가 어우러져, 꼭 다른 나라에서 하루를 보내는 것 같았다.

어쩌면, 천국인지도 모른다.

마음 어느 틈에선가 싹터 올라 애써 누르지 않으면 안될 것 같은 이 사랑이라는 감정이 그들의 웃음소리와 이 공간의 음악소리에 모두 묻혀버리는 것 같아, 난 마음껏 사장님을 볼 수 있고 사장님과 함께 웃을 수 있어, 내 마음 가자는 대로 갈 수 있는 이 길은 내겐 바로 천국으로 가는 길인 것이다.

겨울의 휴일은 아쉽게도 너무 빨리 끝나 간다.

사장님은 나에게 악수를 청하면서 감사한 하루였다고 말해 주었다.

마음속으론 나도 그렇단 말을 했지만, 사장님에겐, "네에", 하고만 대답했다.

부장님 차 안엔 재잘재잘 이야기꽃과 웃음꽃이 만발해, 화기애애한 공기가 따숩게 흘러나와 내 호흡을 채운다.

약간 내린 차창 사이로 바람이 불어왔다.

바람 속에서 난, 사장님이 잡아 주었던 '손'이 떠올랐고, 아이 아빠의 '울림'도 같이 떠올려졌다.

부장님의 차가 우리 집 앞에 다 왔을 때, 부장님은 밖으로 나와서까지 내 인생이 기대된다 말해 주었고, 새롭게 월요일에 만나자며 그곳을 떠났다.

난 집에 들어와서 어제와 오늘의 일들을 생각해 봤다.

아이와 아빠와 보냈던 어제의 시간들과, 사장님과 지낸 오늘의 시간들은 동화 속 천사들이 데려다 준 나라로 잠시 공간 이동이 이루어져, 천국의 맛을 흠뻑 만끽한 축복스런 찰나들이었다.

이 느낌은 무엇일까?

두 소설의 주인공들과 그 이야기들은 다르지만, 어젠 '사랑의 요정'을, 오늘은 '키다리 아저씨'를 만나고 돌아온 것 같은 이 느낌

말이다.

빨리 샤워를 해야겠다.

난 천국에서 돌아온 여장을 풀고, 깊은 잠에게 초댈 받으려 한다.

꿈속에서도 아이 아빠의 '울림'을, 사장님이 다정하게 내밀었던 '손길'을 느낄 수 있었으면 좋겠다.

월요일이 되었다.

아침은 스스로의 약속을 잘 지키며 어김없이 찾아왔다.

어젠 하루 종일 집안을 청소하고 정리정돈을 했다.

아이 아빠가 '울림'을 적어준 노트는 그대로 테이블 위에 놓아 두었고, 사장님과 바닷가에서, 놀이공원에서의 추억들은 정리정돈 없이 선명히 내 기억 속에 넣어 두었다.

난 하루를 준비하는 중에도, 마음은 날 기다리는 나의 '일상'에게 달려가고 있다.

　아이를 만나러 아빠와 보육원에 가기로 한 날이지?

　백화점에 가서 선물도 사야 하잖아?

　"책을 읽어 주는 시간"이 끝나면 바로 서둘러야겠어.

오늘도 "책을 읽어 주는 시간"이 선사해 준 하루가 쏜살같이 흘러

갔다.

아쉬움, 그 단어는 내가 "책을 읽어 주는 시간"을 그만두게 될 때까지 그 자리에 언제나 함께 있을 것 같다.

방송실을 나와 퇴근 준비를 하려 할 때, 부장님이, 내일 아침 일찍 사장님이 떠나신다면서 오늘 저녁에 같이 인사하는 게 어떻겠냐고 물었다.

내일이구나.
잠깐 머물렀던 것을 흘려보내게 되면, 그 흘려보냈던 것이 다시
돌아와 날 찾게 될까?

난 부질없는 마음들을 꾹 눌러두고선, 부장님에게 오늘은 내가 꼭 지켜야 할 약속이 있어 방송국 안에서 인사드려도 좋을는질 물어보았다.

부장님은, 그러냐며, 사장님께 말씀드리겠다고 했다.

보육원 가는 데에 백화점 들릴 시간이 안될까 걱정스러웠다.

몇 분 후에 부장님이 내게 돌아와, 사장님이 1층 카페테리아에 손님과 계시니 두 분 대화가 끝나면 거기서 인사를 드리자고 했다.

사장님을 볼 수 있는 위치에 앉아 기다리는 사이, 지난 주말에 사장님과 함께한 시간들이 주마등처럼 스쳐갔다.

내게 찾아온 기적에 그 이상을 바라는 건 욕심이란 생각이 들었다.

사장님과 눈이 마주치자, 사장님은 내게 눈인사를 해 주고서 손님과의 대화를 이내 마치는 것 같았다.

사장님 테이블로 가려는 부장님과 내게, 사장님은 거기에 있으라며 바로 이쪽으로 와 주었다.

사장님은, 나와 "책을 읽어 주는 시간"을 가까이 보고 싶어 이 낯선 곳으로 장거리 출장을 왔는데 깊은 인상을 안고 돌아간다면서, 나에게 무한한 가능성이 있는 것 같다고, 크든 작든 어느 도시에서나 재능을 발휘할 수 있을 거라며, 다시 만날 날이 있지 않겠느냐고도 말해 주었다.

내 스스로에게만 던진 질문에, 사장님이 답을 준 거다.

'잠깐 머물렀던 것을 흘려보내게 되면, 그 흘려보냈던 것이 다시 돌아와 날 찾게 될까?'

사장님이 준 답은 그저 마음 속에 남겨 두어야 한다.

사장님은 부장님에게, "참, 약속이 있다 했었죠?" 하고서, 나에게로 시선을 돌려 헤어짐의 악수를 청했다.

"지난 주말에 감사했어요. 오래오래 기억에 남을 것 같습니다."

더 가선 안 된다는, 더 바라봐선 안 된다는 다짐의 소리가 들려온다.

난 내 목소리에 '진심'을 담아, 사장님에게, "감사합니다." 하고 말
했다.

카페테리아를 나올 때 한 번쯤은 뒤돌아보고 싶었지만, 난 내 스스
로의 약속을 지키기로 마음 먹었다.

세 번째 소원

방송국 문이 열리자, 기다렸다는 듯 시원한 바람이 불어왔다.

난 바람이 주는 신선한 저녁 향길 마음껏 마시며 이곳에 서 있다.

아이 아빠도 바람이 부는 그 자리에 서서 날 바라보고 있다.

그의 싱그런 미소가 내 뒤에 있는 것들은 다 공간에 맡기고 오라한다.

내 육첸 들리지 않은 그의 말을 순순히 따르며, 내 그대로의 모습으로 그에게 달려간다.

사장님 앞에선 나 스스로 벽을 세워 날 막고 있었지만, 그 앞에서는 '나'라는 가식의 벽을 세우지 않아도 되는 거다.

모든 복잡한 생각에서 벗어나게 해 줄 것만 같은 '그'라는 존재의 '울림'이 날 막고 서 있는 어떤 장벽이라도 무너뜨려 모든 두려움을 사라지게 해, 진정한 웃음을 갖고 말할 수 있게 된 나 자신에게 있어, '나' 있는 이곳에 '그'가 있다는 사실이 오직 감사할 따름이다.

난 그의 차에 오르고, 노트와 펜을 꺼냈다.

'늦어서 죄송해요.'

'아니에요. 빨리 와 줘서 고마워요.'

그와 난 서로를 보며 같이 웃어 주었다.

'백화점에 갈 시간이 있을까요? 아이에게 줄 선물을 사고 싶어요. 근사한 신발을 생각하고 있어요.'

그는 손을 길게 뻗어 뒷좌석에 있는 쇼핑백을 가져와 내게 보여 주었다.

안에는 상자 하나가 들어 있었다.

꺼내 보라는 것 같았다.

상자 안에는, 작은 신발이 놓여 있었다.

내가 아이에게 사 주고 싶었던 내 맘에 쏙 드는 신발이었다.

그가 펜을 들어 나에게 말을 한다.

'오늘 상점에 갈 시간이 없을 것 같아 어제 내가 대신 사왔어요. 당신이 신발을 생각했다니 놀랐어요. 아이에 대한 마음 정말 감사해요.'

난, '어떻게 알았을까?' 속으로 생각하며, 말을 주고받지 않아도 마음으로 서로를 알 수 있는 나라, 마음만으로 존재할 수 있는 나라가 실제 있다는 것에 새삼 감동이 인다.

보육원은 시내에서 벗어나, 한적한 시골 거리에 있었다.

차 안엔 그의 울림이 주는 '자유'가 내 모든 숨결을 사로잡고 있어,

아무런 말이 없는 그의 옆자리가 불편하지 않다.

참 이상한 일은, 방송국 앞에서 그에게 달려가고는, 뒤를 돌아보고 싶었던 '나'가 기억나지 않는다.

난 '나'를 잊고서 온전히 '그'를 바라본다.

아이가 처음 내게 왔던 날이 생각난다.

'저어, 책을 읽어 주시는 아줌마 맞죠?'

시간은 쉼 없이 일을 하고 공간은 시간을 잘 따른다는 순전한 상식 앞에, 그때의 그 아이는 내 추억에만 있게 된다는 현자의 소리가 들려온다.

답답한 그리움이 내 마음속 침묵의 강가에서 흐느껴 운다.

그는 어떤 심정일까?

그는 얼마나 아플까?

조용히 차와 함께 앞을 달리는 그의 숨결에서 아이에 대한 큰 사랑과 헤어짐의 깊은 아픔이 내게 전달되어진다.

차가 보육원에 다 왔다며 내게 알려 주고 있다.

그와 같이 있으면 사물들조차 말을 하는 것 같다.

차에서 내려 운동장을 가로질러 걸어가는데, 한 아이가 여길 향해 뛰어오는 것이 보였다.

난 저절로 웃음이 그려졌다.

그는 달려가 두 팔을 크게 벌려 아이를 번쩍 안아 들었다.

아인 날 보며 뛸 듯이 기뻐했고, 나와 아빠에게 세상 가장 빛나는 웃음소리를 들려 줬다.

원장님도 밖으로 나와 계셔 아빠와 날 반겨 주었다.

원장님과 아빤 친분이 두터운 사이 같아 보였다.

아이가 날 책을 읽어 주는 아줌마라고 소개하자, 원장님이 놀라는 표정을 지었다.

아빠의 "책을 읽어 주는 시간"이 좋다 하는 말에 아이들에게도 들려준다면서, 지금은 우리 모두가 기다리는 시간이 되었다고 한다.

난 원장님께 감사하단 말씀을 드렸다.

아이와 외출 해도 되는지를 여쭤보자, 원장님은 내일 양부모님이 오시는 날이어서, 늦지 않게 돌아오면 된다고 했다.

아빤 원장님과 대활 주고 받으며, 말을 알아들었다는 듯 고갤 끄덕였다.

아인 나와 아빠 손을 하나씩 잡고서 걸음을 재촉였고, 행복에 겨운 얼굴로 까르르하며 마치 내일 웃을 것을 오늘 다 웃어 버릴 것만 같이 커다란 웃음을 던져 주었다.

아이와 아빠에게서 바람이 불어온다.

아이의 웃음소리와 아빠의 울림은 바람에 실려 내 호흡에 들어와 하나의 숨을 만들어 나로 내쉬게 하였고, 그 숨결 속에서 난, 바람을 가르며 나는 새처럼 자유가 느껴지고 있다.

자유는 동전 한 닢 같은 자신감에서 나오는 것이 아니라, 항상 그 자리에 있어 변하지도 움직이지도 않을 것 같은, 그래서 가다가 뒤를 돌아보지 않아도 되는, 그런 천금 같은 믿음과 신뢰하는 마음에서 나온다는 것을, 난 아이와 아빠를 바라보면서 깨닫게 된다.

이들이 나에게 주는 마음을 더욱 소유하기 위해 내가 애써 잘 보이려 꾸미지 않더라도, 과장이나 위장을 하지 않더라도, 이들의 나를 향한 순수한 마음은 결코 변하지 않을 거란 믿음이, 날 바람을 가르며 나는 새처럼 자유롭게 만들어 주는 거다.

난 처음 아이와 만났을 때 아이스크림 가겔 가려 했던 일을 떠올렸다.

"같이 맛있는 저녁 먹고서, 아이스크림 먹으러 갈까?"

아인, "네에" 하며, 신이 난 목소리로 대답해 주었다.

"아빠도 같이 가는 거야, 응?"

아빠는 아이와 날 보면서 고갤 끄덕여 주었다.

"제가 스파게티를 제일 좋아해요. 아줌마, 아빠, 나, 셋이 예쁜 식당에 들어가서 한 식탁에 앉아 꼭 한번 먹어 보고 싶었어요. 아빠한테 아빠랑 가고 싶다고 말을 했다면 분명히 가 주셨을 거예요. 아빤 제가 스파게티 좋아하는 거 아시고는, 집에서 직접 만들어 주셨던 거였어요."

난 아이가 말하는 예쁜 식당이 어딜까 궁금했다.

"가 보고 싶었던 곳이 있어?"

"네에, 책을 읽어 주는 아줌마, 아빠, 나, 셋이 가고 싶었던 식당이

있어요. 그 식당은 가족이 가는 것 같아서 그저 바라보기만 했었거

든요."

"그래? 아빠하고 내가 네 곁에 있으면 가족이 되잖아."

"아줌마, 정말 고마워요."

"나도 고마워."

아이가 아빠에게 식당의 위치를 설명해 주고 있을 때, 난 속으로

아이에게 다시 말했다.

내가 너에게, 정말 고마워.

넌 내가 한 말이 무슨 뜻인지 다 알지 못할 거야.

차 안에서는, 세상이 잃어 버렸던 웃음을 아이가 되찾아온 거에 축

하 기념식이 열렸고, 아인 보란듯 함박 웃음을 선사해 주었다.

아이 옆에 있는 큼지막한 상자가 눈에 띈다.

아빠의 선물인 듯 보인다.

신발 상자가 든 쇼핑백도 그 옆에 얌전히 놓여 있다.

아이는 거울 속에서, "제 선물이에요?" 하고 아빠에게 물어본다.

아빤 고개를 끄덕였다.

"두 개나 있어요."

아빠가 하난 아줌마 선물이라 설명해 주는 것 같았다.

고마워하는 아이에게 난 무슨 말을 할 수가 없었다.

아인 나와 아빠에게 감사하다며 당장 상자를 열어 볼 것 같았지만, 막상, "있다가 열어 볼래요." 한다.

아빠의 눈빛엔 아이의 마음을 알 수 있다는 게 비쳐졌지만, 아빤 말을 하지 않는다.

식당에 다 와서, 아빠가 주차하고 돌아오는 사이에도 아인 내 손을 놓지 않다가, 아빠가 뛰어오는 것을 보더니 얼른 양쪽에 아빠와 나의 손을 잡는다.

"엄마, 아빠랑 이렇게 손 잡고 이 식당으로 들어가는 아이들이 부러웠어요. 저는 아빠와 책을 읽어주는 아줌마와 함께 들어가는 것을 상상해 보곤 했어요. 나에겐 그런 날이 오지 않을 거라고, 마음에 소원만 갖고 있었거든요."

아이가 계속 말해 주었다.

"새로운 부모님이 사시는 곳은 비행기를 타고 가야 한대요. 그런데 여기를 떠나기 전에 제 소원이 이루어진 거예요. 정말 신기한 일이죠?"

난 나중엔 기회가 없을 것 같아, 잠깐 걸음을 멈추고, 아이의 순진한 눈을 바라보면서 말했다.

"맞아, 그렇구나. 신기한 일이 하나 더 있어. 나도 마음속에 소원이 이루어졌는데 말야."

아이와 난 서로를 바라보며 활짝 웃어 주었다.

식당 안은 크고 작은 선물 모양의 상자들로 꾸며져, 곳곳에 질서 있게 장식처럼 놓여 있거나 잘 매달려 있었다.

아이의 말대로 예쁘다는 느낌이 한눈에 들어왔다.

이곳에 있는 모든 선물들은 당신을 위한 것들이라 말하는 것 같았다.

식탁에 앉았을 때는, '이 선물 한가운데에는 최고의 요리가 들어 있습니다. 이제 밖으로 나옵니다.' 하며, 식탁이 내게 말을 전해 준다.

아이와 아빠와 난 스파게티를 주문했다.

난 아이에게 식당이 예쁘다고, 선물 상자들을 다 열어 보고픈 마음이라 했다.

아이가 선물 상자를 안 열어 봤던 게 생각이 나, 차 안에서 왜 바로 안 열어 봤냐고 물어봤다.

아이는, 아빠의 선물 상자에 무엇이 들어있는지 알고 있다면서, 저의 세 번째 소원이 들어있다며, 오늘같이 신나는 날에 울면 안 되니까, 내가 아줌마 선물만 열어보면 아빠가 서운해하실 것 같아 나중에 열어 본다 했다는 거다.

아빠는, 네 마음을 헤아릴 수 있다는 말을 눈가에 담아 아이에게 보여 주곤, 아일 가슴 깊이 껴안아 주었다.

아빤 그의 품에 안겨 있는 아이 얼굴을 보며, 내 곁에 있어 줘서 고마웠다고, 네가 있어서 외롭지 않았다고, 널 많이 사랑한다고 말하여 준다.

'넌 나의 천사야. 넌 영원히 나의 마음에, 난 영원히 너의 마음에 있다는 것을 언제까지나 기억해 주렴.'

난 아이에게 하는 그의 말들을 알 수 있었다.

아이가 아빠 품에 안겨 있는 모습에서 '사랑'이라는 단어가 느껴왔다.

아빠는 아이에게 있어, 그 마음에 '사랑' 외에는 아무 것도 없는, '사랑'이 전부인 것 같았다.

난, 노트와 펜 꺼내는 것을 잊었다며 막 꺼내 들었는데, 아이가, "아빠에게 잘해 주셔서 감사해요." 한다.

"아빠가 못 들으시니까 다들 말하는 것을 피해요. 옆에 있을 때 자주 봤어요. 저는 아빠한테 너무 죄송해요. 내가 그런 표정 지으면, 아빤 뭐가 죄송하냐고 오히려 아빠가 실수해서 저한테 짐이 되었다고 미안하다 하시는 거예요. 저는 정말..."

난 아이의 손을 잡아 주며, "아빠는 들리지 않게 되면서 전보다 더 많은 것을 알게 되었다 하셨어. 아빤 들리지 않는 세계에서 울림을 알게 되셨고, 울림은 서로 같이 울릴 때 드러날 수 있다 말씀해 주셨는데, 너의 착한 마음씨가 아빠와 한 울림이 되어 아빠의 고귀한 울림이 널 통해 밖으로 나올 수 있었던 거야. 아빠는 네가 있어서 결코 외롭지 않으셨고 정말 행복하셨어. 네가 아빠와 같은 울림을 가지고 있다는 걸 아셨거든. 음, 이 얘기도 하고 싶어. 난 네가 전화를 해 주기 전엔 많이 외로웠었어. 혼자라 생각했었으니까. 네가 그때 전화로 아빠의 울림을 얘기해 주면서 너와 아빠의 울림이 나에게 전달되었던 거야. 그 후로 나에겐 많은 일들이 일어나게 되었지." 하고, 아빠의 진실한 마음과 나에 대해서 조금이나마 설명해 주었다.

"아빠가 병원에 계실 때부터 제가 간절히 바라던 기적이 일어날까요? 이루어질 수 없을 거라 생각했던 저의 세 가지 소원도 이렇게 이루어졌는데요."

아인 눈물을 글썽였다.

난 아이가 간절히 바라는 것이 무엇인지 알 것 같았다.

"기적은 다르게 일어날 수 있어. 아빠가 바라는 기적이 다를 수도 있잖아?"

"그럴까요?"

"그럼."

아빠는 세상의 모든 대화를 듣고 있는 사람 같이, 조용히 나와 아이의 말을 다 읽고 있어 보였다.

난 아이에게 '세 가지 소원'을 물어보려 했는데, 음식들이 나오기 시작해 말을 멈춰야 했다.

스파게티는 접시에 잘 담겨진 채 식탁 불빛 아래서 빛을 발하였고, 불빛에 묻혀 있던 소스의 진한 향은 밖으로 풍겨 나와 주변을 진동시켰다.

난 아빠를 바라보면서, 음식 맛이 아빠가 만들어 주셨던 것만큼은 아닐 것 같다 하자, 아이도 명랑한 목소리로, "그럼요, 아빠 스파게티는 아주 특별한 걸요?" 하고 덩달아 말해 주었다.

스파게틴 나의 혀끝에서 미각을 자극하며 이국적인 맛을 내 주었지만, 아빠의 것에 들어 있던 뭔가가 이 스파게티엔 빠져 있단 느낌이 들었다.

나의 이 말을 노트에 적어 아빠에게 건네주었다.

그는 펜을 들지 않고 날 바라보고만 있다.

내게 말을 하는 그의 눈빛을, 난 그냥 있게 하고 싶었다.

아이가 아빠에게 스파게티를 입 안에 넣어 주는 모습에서 며칠 전 그 만찬이 떠올려졌다.

아이와 아빠와 나, 셋이 함께하는 마지막 식탁이란 생각에 눈시울이 뜨거워진다.

아이의 웃음소리와 아빠의 싱그러운 미소가 만연한 이 식탁은 서로를 향한 마음으로 온전히 채워져 있어, 비록 말은 없지만, 보이지 않는 수많은 말들과 대화들이 있다는 것을 알게 한다.

밤에 하늘을 보면, 별들이 숨어 반짝이며 말하는 것을 보거나 듣지 않아도 별들이 있다는 걸 알 수 있듯이, 말이 없는 이 식탁에서 난, 들리지 않아도 함께 말하고 있다는 걸 알 수 있는 것이다.

아빠는 울림으로써, 아이는 세상 온갖 은총을 품은 웃음으로써, 난 그들을 바람봄으로써 대화 나누는 이 식탁을, 저 먼 하늘 그 어떤 존재가 내려다보면 셋을 그곳에 있게 만들어 준 걸 잘한 일이라 흐뭇해할 것이 분명하다.

식사가 끝나고 나서 아이와 헤어질 시간이 가까워지자, '아이스크림 가게가 남아 있잖아' 하는 나 스스로의 말에 그나마 위안을 갖게 된다.

내 마음과 달리 현실의 아이와 아빤, 시간이 늦어 아이스크림 가겐 못 갈 것 같다며 아쉬워한다.

차 안에서 아이는 나와 아빠에게 감사하단 말을 해 주었다.

아빠의 입술은 꾹 다물어져, 눈물을 삼키고 있어 보였다.

아빠가 거울로 아이와 날 볼 때마다, 그에게 작은 움직임이 있을 때마다, 바람이 불어와 내 얼굴을 스치운다.

"오늘 나의 엄마가 되어 주셔서 감사합니다."

아인 순진무구한 눈을 들어 내가 묻고 싶었던 것을 물어봐 주었다.

"제 소원 세 가지를 알려 드릴까요?"

"알려 줄테야?"

"첫 번째 소원은요, 책을 읽어 주는 아줌마를 만나는 거였어요. 지금도 제 앞에 계셔요."

난, 아일 내 품으로 꼭 끌어안아 주었다.

아이는 내 품 안에서도 아빠가 거울로 볼 수 있게 고갤 들고 말을 이어 나갔다.

"두 번째 소원은요, 책을 읽어 주는 아줌마랑 아빠랑 같이 양쪽에 손을 잡고서 예쁜 식당에 들어가 함께 스파게티를 먹는 거였어요. 저는 지금 아줌마하고 아빠랑 그 식당에서 스파게티를 먹고 돌아오는 길이에요."

난 아무 말도 할 수 없었다.

날 사랑해 준 아이의 소원들이 아빠의 울림과 많이 닮은 아이의 순수한 울림을 통해 세상으로 나와, '나'를 자신의 두 가지 소원의 주인공이 될 수 있는 특별한 존재로 만들어 주었다는 사실에 난, 감격이 젖어 올 뿐이었다.

아인 내 품에서 날 안고 있다.

아빠의 눈이 촉촉해져서인지, 거울 속 아빠의 눈은 유난히 더 반짝여 있었다.

"세 번째 소원은요, 지금 말하지 않을래요."

난 그 세 번째 소원이 가장 궁금했지만, 물어볼 수가 없었다.

보육원에 다 와서, 아빠는 차에서 내려 한 손엔 아이 손을 잡고 한 손엔 선물 상자 두 개를 들고 안으로 들어간다.

나도 아이의 한 손을 잡으며 같이 들어갔다.

아이와 마지막 인사를 나눈 아빠와 난, 밖으로 천천히 나와 차 있는 곳까지 걸어갔다.

아빠가 차에 시동을 걸었고, 차는 무겁게 서서히 나가고 있었다.

그때, 저 멀리서 아이가 아빠와 날 부르는 소리가 들려오는 거다.

내가 알려 주자, 아빠는 차를 멈추고 내려 아이를 향해 달려갔다.

나도 아빠를 따라 빠르게 걸어갔다.

원장님은 그 자리에 서서 아이가 달려 나가는 걸 지켜보고 있다.

아빠를 부르며 달려온 아이는 그대로 아빠 품에 안겼고, 무릎을 구부려 있던 아빠는 아일 가슴 속 깊숙이 끌어안아 주었다.

아이는 멋진 슈트를 입고 근사한 신발을 신고 있었다.

"아빠에게 저의 세 번째 소원이 이루어졌다는 것을 알려 주려고 왔어요. 지금이 아니면 말씀드릴 수 없어서 달려 나왔어요. 선물 상자를 보고 이미 알았지만, 오늘처럼 제 소원이 다 이루어지는 날엔 울지 않으려고요. 차 안에서 바로 상자를 못 열어봤던 것은... 아빠에게 너무 죄송해서요."

아이는 아빠 품에서, 그간에 참고 있었는지, 한없이 눈물을 쏟는다.

아빠가 아이의 고갤 들어주고 눈물을 닦아 주며, 다신 죄송하단 말을 하면 안 된다면서, 널 사랑하는 나의 마음이 아파진다고, 이 세상을 떠날 때까지 널 가슴에 품고 살 거라고, 사랑한다고, 아이에게 말해 주는 것 같았다.

아이의 눈에선 눈물이 계속 흘러내린다.

아빠 입술은 꾸욱 다물어져 있어, 눈에서 물줄기들이 못 흘러내리게 막아 보려 하는 것 같았다.

나도 시야가 빗물에 잠겨, 간신히 아빠와 아이의 얼굴을 볼 수 있었다.

아빠는 아이의 눈을 바라보면서 나도 소원이 있었는데 하나가 이루어졌다는 말을 할 때, 그 소리가 밖으로 나오진 않았지만, 난 귀로 듣는 것처럼 알아듣는 것이다.

'우리 아이에게 새 부모님이 와 주시기를 바라고 있었어. 우리 아이가 새 부모님의 집으로 가게 되었으면 하고 바라던 나의 첫 번째 소원이 이루어졌단다.'

난 아빠가 두 번째 소원을 갖게 되었다며 써 주었던 글이 생각났다.

그렇구나.

아빠가 두 번째 소원을 갖기 전, 첫번째 소원은 아이였구나.

아이는 "아빠" 하고 부르면서 한참을 그에게 안겨 있다.

"제가 어른이 되면 아빠를 만나러 올게요. 아빠처럼 훌륭한 어른이 되어서 돌아올게요. 저를 기다려 주세요."

아빠는 고갤 끄덕여 주며 그림 같은 온화한 미소를 보여 주었다.

아인 나에게, "책을 읽어 주셔서 감사해요. 난 엄마가 있어서 책을 읽어 주면 얼마나 좋을까 생각했었어요. 아빠가 처음 "책을 읽어 주는 시간"을 들려주셨을 때부터 아줌마가 좋았어요. 아빠가 아줌마 울림은 따뜻한 봄바람처럼 희망으로 울린다고 하셨는데, 제가 "책을 읽어 주는 시간"을 들을 때 아줌마 울림이 제게 희망으로 울려서 저의 세 가지 소원이 이루어진 거예요. 저는 그것을 알아요."

하며, 아인, "아줌마, 저를 따뜻하게 안아 주셔서 감사해요. 저도 따뜻한 희망을 주는 사람이 되고 싶어요. 아줌마가 선물해 주신 이 신발이 작아지게 되더라도 오래오래 간직하면서 아줌마를 기억할 거예요. 키다리 아저씨는 제가 끝까지 읽을게요." 하고는, 내 품에 안겼다.

난 아이에게 속으로 말해 줬다.

나에게 희망을 준 건 '너'였어.

넌 이미 희망을 주는 사람이 되었단다.

나도 마음속에 널 오래오래 간직하면서 기억할 거야.

원장님이 아이에게 다가와 헤어질 시간이라는 걸 알게 했다.

아빠는 아일 바라보던 그 시선에 '안녕'을 보이며, 아이에게 손을 흔들어 주었다.

그리곤 어떤 미동도 없이 차에 올랐다.

난 아이의 볼에 입맞춤을 해 주고, "안녕." 하며 작별의 손을 흔들어 주었다.

내가 차에 오르자 아빠는 뒤 한번 돌아보지 않고 출발을 했다.

원장님과 아이는 차가 보이지 않을 때까지 서 있었고, 난 그것을 거울 속에서 볼 수 있었다.

아이의 세 가지 소원이 가슴에서 속삭인다.

아빠를 위한 소원과 날 만나 예쁜 식당에 셋이 같이 가고 싶어 했던 소원까지, 아이의 세 가지 소원에다 '나'를 드리워 본다.

'나'가 사랑하는 일을 '너'가 같이 사랑해 주는 것, 그 사실을 아는 '나'를 느끼며 살고 싶었던 소원이 바로 아이의 소원들 안에 들어 있었던 거다.

내가 원하던 것이 어떻게 아이의 소원들이 될 수 있었고, 아빠를 향해서 어떻게 그런 소원을 가질 수 있었던 것일까?

'소원'이란 '나'를 위한 바램이 아니었던가?

그리고 아이의 소원이었어야 했는데, 어떻게 그것이 아빠의 첫 번째 소원이 될 수 있었던 것일까?

이기적인 세상에 깊이 물들어 있는 나의 옷이 심히 어두워 보인다.

날 바라보면서 이미 이루어졌는지도 모르겠다던 아빠의 두 번째 소원은 무엇일까?

그가 적어 주었던 글자들을 꺼내 읽으면서, 난 펜을 들었다.

'당신이 마음속에 소원 하나를 더 두게 되었다며, 이루어졌는지도 모르겠다던 말이 기억나요. 알려 주실래요? 알고 싶어요.'

그는 차를 멈추고 잠시 나를 바라보았다.

그가 펜을 들었고, 노트에 한 글자 한 글자 적힐 때마다 그에게서 바람이 불어오기 시작한다.

'내 두 번째 소원은, 슬픔과 어려움 속에 있는 당신에게 "한 사람"이 나타나 당신의 소망이 이루어지게 되는 것, 바로 그 소원이었습니다. 당신의 울림에서, "한 사람"을 기다리면서 그 "한 사람"이 주는 소망을 간절히 바라고 있다는 것을 느꼈어요. 당신이 땅을 한없이 내려다보며 걷는 모습을 보면서 나도 당신처럼 땅을 보게 되었죠. 네에, 그래요. 난 당신의 "한 사람"을 같이 기다리는 심정으로 당신의 얼굴을 알기 전부터 당신을 바라보게 되었어요. 어느 날

"책을 읽어 주는 시간"에 당신의 울림에서 그 "한 사람"이 나타나 주었다는 것을 알게 되었지만, 당신이 우리 집에 와서 내가 만든 스파게티를 좋아해 주는 모습을 보고, 당신과 글로 대화를 하며 당신의 울림을 느끼면서, 난 뚜렷이 알게 되었어요. 당신에게 "한 사람"이 나타나 주었다는 것을요."

난, 이제 알게 되었다.

그가 한 달 전의 나처럼 "한 사람"을 기다리는 듯 땅을 보며 서 있던 그의 모습은, 날 위해 그 "한 사람"을 기다리고 있어, 난 그를 보면서 '나'를 보는 것 같았던 거다.

그의 집에서 내가 전혀 알 수 없었던 그의 눈빛 하나는, 내게 "한 사람"이 나타난 사실을 알게 되었다며 말을 하고 있었던 것이다.

그날 노트에 적었던 글들을 펼쳐 봤다.

그와 대화했던 글자들이 날 바라보고 있다.

'당신이 내가 좋아하는 "사랑의 요정"을 읽어 주면서부터, 희망을 울리던 당신의 울림 속에서 슬픔과 외로움의 울림이 내게 전해지면서부터, 내 맘에 소원 하나를 더 두게 되었어요. 나의 두 번째 소원을 갖게 된 겁니다.'

'당신의 두 번째 소원, 물어보고 싶어요.'

'언젠가, 나중에요. 이미 이루어졌는지도 모르니까요.'

왜 그의 호흡이 그리 익숙하게 느껴졌던가를, 이제 알게 되었다.

그가 내 얼굴을 알기 전부터 날 바라보고 있었기 때문이다.

난 그의 두 번째 소원의 글자들에서 눈을 뗄 수가 없다.

그의 '소원'이란 글자에 '사랑'이란 단어가 겹쳐져 하나로 보이고 있다.

그에게 무슨 말을 적어 줘야 할지 알 수 없어, 난 펜을 내려놓고만 있다.

세상에서 '사랑'이란 대상이 있어 서로 주고받는 것이라 배웠는데, 아이와 아빠 자신들이 '사랑하고 있다'는 것을 의식조차 하지 않고서, '사랑하고 있다'는 그들 마음의 생김새를 내가 알아주든 몰라주든 상관없이 '나'라는 존재에게 쏟아 주었으며, 난 그것을 누가 주는 줄 모른 채 내게 주어진 행운이라 여기면서 '감사합니다.' 말 한마디로 받기만 했다는 생각이 들어, 양심에 화살 끝이 스치는 것 같은 쓰라림이 느껴진다.

이들은 날 본 적이 없고, 난 이들에게 무엇을 해 준 적이 없는데, 어떻게 날 사랑할 수 있었고, 날 위해 소원을 가질 수 있었던가?

자신은 없고 상대방만 존재하면서 상대방을 위하는 일이 자신의 소원이 되며 기쁨이 되는 이들의 사랑 앞에서, '자기'만 아는 이기적인 세상 속에 쉽게 적응되어 버린 난, '양심'이 찔림을 입어 아픔을 느끼고 있다.

이들의 '사랑'의 단어는 어디로부터 온 것일까?

'사랑'은 대상이 있어, '나'와 '너'가 서로를 좋아하는 마음이 아니었던가?

'사랑'은 '나'와 '너'가 서로를 아껴주며 위해 주는 마음이 아니었던가?

이들이 알고 있는 '사랑'의 정의는 무엇일까?

우리가 '사랑'이란 단어을 잘못 알고 있었던 것은 아닌가?

난 마음속의 모든 말들과 질문들을 옆에 둔 채로, 펜을 들었다.

'나에게 "한 사람"이 나타나 나의 소망이 이루어지게 되는 것, 그건 내가 원했던 일이었는데, 어떻게 당신의 소원이 되었죠?'

'내가, 그것을 원했으니까요.'

그가 적어 준 말을 읽으면서 난 도저히 고갤 들 수가 없었다.

가난하고도 순결한 음악 소리를 들을 때 왜 눈물이 나는지 생각해 보았다.

잎새에 이는 바람에도 흐느끼며 괴로워했다던 어느 시인의 고백처럼, 어떤 순결한 결정체 앞에서 마음의 때가 보여지는 내 자신이 한없이 죄스러워, 속으로 고백하며 흐느껴 우는 것이다.

며칠 전 그의 스파게티에 초댈 받은 날이 생각난다.

때가 묻은 탁한 색의 옷을 입고 있었던 '나'와 이 옷이 이들의 세상을 오염시키고 있는 것이 아닐까 했던 나 자신이 생각나면서, 그의 눈동자를 보며 '나'가 보였던 일이 떠올려졌다.

내가 어디에서든 누구에게든 걸림이 된 적이 있다면 아주 사소한 것조차 그 순간만큼은 모든 것이 죄송스러워 용서를 구하고 싶어졌던 그날의 그 기억도 떠올려진다.

그날 그의 눈동자 속에서 그의 순결한 세계에 비친 난, '나'의 감정만 존재했던 순간들에 대해 가책을 느껴 뉘우치고 싶었는지 모른다.

자신은 없고 상대방만 존재하면서 상대방을 위하는 일이 자신의 '소원'이 되는 이런 '사랑'을 가지고 있는 사람 앞에서, 지금 난, '나'로 이루어지고 '나'만 존재하는 나의 삶에 대해 찔림을 입어 아픔이 느껴온다.

난 고갤 들 수가 없다.

처음부터 희망이라는 단어도, 소망이라는 단어도, 나의 울림만으로 이루어진 것이 아니었다.

"책을 읽어 주는 시간"을 사랑한 아이에게 간직해 있던 희망이 내게 울려져 나의 울림에 희망이 더 하게 되었고, "책을 읽어 주는 시간"을 사랑한 아빠에게 간직해 있던 소망이 내게 울려져 나의 울림에 "한 사람"을 향한 소망이 더 깊이 존재하게 된 거다.

내 "한 사람"의 소망은, 그 스스로가 간절한 소망의 울림이 되어 나에게 울려졌던 것이다.

이들 앞에서 왜 그토록 자유가 느껴졌는지도 알 것 같았다.

아이가 주는 사랑과 아빠가 주는 사랑이 그 울림의 생김새가 같진 않더라도, 그들이 나를 '사랑하고 있다'는 것을 마음 깊은 속 '나'는 알았었고, 그들이 내게 주는 '사랑'은 결코 뒤를 보지 않아도 그들이 언제나 그 자리에 변치 않는 소나무처럼 있을 거란 '믿음'이 들어 있어, 그 '믿음'이 날 자유케 해 주면서, 내 마음에 배를 띄워 자유로이 '소망'의 바다에 이르게 해 주었던 거다.

'자유'는 스스로 찾아와 준 것이 아니라, 이들의 맑고 순수한 사랑이 현실의 결박을 끊어 주며 날 자유롭게 항해를 하게 해 준 것이다.

그는 지금 내가 알 수 없는 눈빛으로 무언가 말을 하는 것 같았지만, 난 물을 수가 없다.

그에게 당당히 그것이 무슨 말이었는지 묻고서 적어달라 한다면 내가 입고 있는 이 옷이 더욱 탁해지게 될 것 같아, 난 펜을 들 수가 없었다.

아이에게 순수한 울림 자체로 들어가게 된 아빠의 울림은, 아이가 아빠의 울림을 내게 전해 주면서 안에 있던 그들의 순수한 사랑이 세상에 나와, 그들이 간직하고 있던 소원들의 주인공인 '외로운 나'를 '사랑받는 다른 나'로 만들어 주었는데, 특별히 그의 '울림' 안에, 나를 '다른 나'로 만들어 준 무언가 하나 더 있을 것 같은 '마음'을 지금이라도 묻고 싶었지만, 난 그 앞에서 펜을 드는 것조차 부끄러워진다.

그는 눈가와 입가에서 여전히 그의 싱그러운 웃음을 흘려주고 있으며, 그가 만들어 내는 작은 움직임에선 아직도 부드러운 바람이 불어와 내 뺨을 어루만져 주고 있다.

순간, 무언가에 크게 부딪히는 느낌이 들더니, 그의 눈빛에 들어 있었던 전혀 알 수가 없었던 또 다른 말, 난 그 말이 깨달아 지게 되었다.

그가 내게 말을 전해 줄 때마다 계속 알려 주었고, 그의 눈빛은 처음부터 그 말을 하고 있었다.

그 수수께끼는 전혀 어렵지 않았는데, 너무나 쉬웠는데, 난 어떻게 지금에서야 알게 되었을까?

그가 눈빛으로 보여 주었던 그의 말은, "당신을 사랑하고 있어요." 였고, 그의 울림에 들어 있는 하나 더, 특별한 그의 마음은, "당신을 내 마음 다해 사랑하고 있어요. 당신이 행복하기를 기도하고 있어요." 였다.

순수한 사랑의 마음에서 울려진 영혼의 울림이 내 힘든 세상의 벽을 허물어 주고, 내 무지한 양심의 문까지 두드려 주었으며, 자신은 없고 상대방만 존재하는 단 하나의 사랑이 '나'에게 울림으로 전달되어 날 "다른 나"로 만들어 주었던 것 같이, 그는 스스로 울림이 되어, 그 특별한 사랑을 내게 울려 주면서 날 기적의 주인공이 되게 해 준 거다.

모든 것은 바로, 자신을 주는 '사랑'이었다.

난 그의 사랑을 받을 자격이 없는데, 어떻게 이런 사랑이 내게 찾아왔을까?

그는, 나를 알기도 전에 어떻게 그런 사랑을 내게 줄 수 있었던 것일까?

눈물이 흐르고 있다.

그가 '내가 그것을 원했으니까요'를 적어 줄 때부터 흐르고 있었지만, 그에게 들키고 싶지 않았다.

그의 차가 우리 집에 도착해 있다.

그에게, 난 내 모든 마음들과 감정들을 숨긴 채로, 아무 생각 안하고 있었다는 듯, 그런 표정을 보여 주어야 했다.

쉬운 일은 아니었다.

난 담담하게 노트와 펜을 꺼내, 아이가 떠나 아빤 혼자일 텐데 하는 심정으로 글자들을 적어서 그에게 보여 주었다.

'내일 저녁에 아이스크림 먹으러 갈래요? 아이에게 약속을 못 지켜서 미안해요.'

그는 그것을 읽고서, 날 바라보고만 있을 뿐이다.

'책을 읽어 주는 시간을 마치고 그 자리에서 기다릴게요.'

그가 내 눈가에 눈물 자국들까지 봤겠지만, 난 그저 아이와의 헤어짐에 눈물 흘린 것으로 알게 하고 싶었다.

그가 펜을 들었고, 이 말을 적어 주었다.

'우리와 함께 있어 줘서 고마워요.'

나의 말엔 대답을 주지 않았지만, 난 내일 그를 기다릴 작정이다.

그는 내가 차에서 내릴 때 같이 나와, 밤 인사의 말을 해 주었다.

'들어가 쉬어요. 잘 자요.'

난 그의 눈빛에서 그의 말을 알아들을 수 있게 되었다.

나도 그를 따라 밤 인사를 했다.

그의 차가 떠나는 것을 보며, 난 오늘 하루를 새기고 있다.

이 하루는, 내 심장에 모닥불을 피워 내일 떠나는 사람들의 여러 사랑이야길 들려주었지만, 그 이야기들 중에 내가 속할 수 있거나 붙들 수 있는 건 하나도 없다는 것을 나로 알게 한다.

내가 그만 가도록 나 스스로를 막고 서 있어야 했던 사장님도, 내게 전화를 걸어 줘서 "한 사람"에 대한 나의 희망을 현실의 소망으로 이끌어 그것을 이루게 해 주었던 아이도, 그 추억들이 영원하도록 내 가슴속 깊은 곳의 정원에 심어 놓아야 하는 거다.

그렇지만 '그'가 있지 않냐고, 떠나지 않았다고, 내일 "책을 읽어 주는 시간"에 너의 목소릴 들을 거라며 마음속 '나'가 위로해 준다 할지라도, 난 그를 위해서 내가 그의 사랑이야기에 속하면 안 된다는 것을 인정해야 한다.

마음속 '나'가 '그'는 현실이라 말해 준다 할지라도 난 그를 사장님과 아이처럼 추억 속에 묻어야 한다.

난 그의 사랑을 받는다는 게 겁이 난다.

나로 인해 그의 천상의 고결한 사랑이 지상의 이 비루한 말의 세계로 끌어 내려지게 될까 봐, 세상의 비천한 언어에 물든 남루한 옷을 입고 있는 나 자신이 그를 해치게 될까 봐 겁이 난다.

"한 사람"을 만나게 해 주려고 이 모든 일들을 만들어 준 그 어떤 존재는 내게 뭐라 말해 줄까?

얼굴을 어딘가에 숨기고 싶다.

내일이 되면 난 오늘의 기억을 모두 잃은 사람처럼 아무 일도 없었다는 듯 마을을 바라보며 책을 읽어 줄 수 있을까?

결국, 내일은 오늘이 되어 아침을 열었다.

부장님에게 사장님이 이른 아침에 떠났다는 말을 들었다.

나의 "책을 읽어 주는 시간"에 난, 도무지 기운이 나질 않는다.

현실의 벽 앞에서 희망이 내려지는 그 힘들었던 시간들 속에서도 지금처럼 기운이 없진 않았다.

"한 사람"에 대한 실오라기 소망을 부여 잡고 웅크려 있던 그 시절과는 비교조차 할 수 없을 정도로 많은 사람들에게서 많은 사랑을 받고 있지만, 그들이 주는 사랑과 내가 그들을 사랑하는 마음 모두

실체가 아닌 허상이었단 생각이 들면서 '허무'의 단어가 온 몸에 번지기 시작하더니, 급기야 난 심장이 뚫린 것처럼 기운이 점점 더 빠져 나가는 것이 느껴졌다.

내 깊은 곳으로부터 기침 소리가 들려 온다.

'그'라는 것을, 난 선명히 알 수 있다.

'나'라는 두려웠던 벽이 어떻게 허물어졌는지 알 수 없지만, '그'가 들어와 있다.

내 안쪽 깊은 곳에 울려지는 그의 울림은, 더욱 기침 소리를 내면서 더 강렬하게 울리는 그 울림을 멈추지 않는다.

이윽고, 그 울림은 나로 저 아래까지 다 빠져 나갔던 기운을 다시 솟아 오르게 해, 끝내 날 일으키고 있다.

'그'는 결코 내 곁을 떠나지 않고서 내 두려웠던 벽이 허물어지자 나에게 들어와, 그 사랑의 울림을 울려 주며 날 다시 살게 해 주고 있는 거다.

난, '그'를 느끼고 있다.

그를 떠나야 한다고 다짐 했었지만, 난 그 어느 때보다 내 자신에게 솔직해져야만 한다.

'나'가 '그'를 떠날 수 없다는 걸 너무 잘 알게 되었다고, '나'가 이제 이 사랑을 내려놓게 되면 어디로 가야 할지 알 수 없다는 걸 너무 잘 알게 되었다고, 난 스스로에게 말해야만 한다.

그를 만나기 전 처음으로 돌아갈 수 없는 '나'가 지금 필요한 것은, 그렇다.

그에게 달려갈 용기가 필요한 거다.

'그'가 보고 싶다.

방송실에서 나오자, 부장님이 날 보더니, 이번 주는 방송국에 일들이 많을 거라면서 기대된다고 했다.

어느 날부터 '기대'라는 말은 부장님을 떠나 있지 않는 것 같다.

난, "네에." 하고, 방송국 문 밖으로 나왔다.

그가 올는지 알 수는 없지만, 만약 그가 온다면 무슨 말을 해야 할지도 모르면서, 난 그저 그를 기다리고 싶었다.

겨울이 깊어 가는 소리를 알려주는 듯, 차가운 바람이 와 얼굴을 스친다.

시간이 흐를수록, 그가 내 곁을 떠나게 될까 봐 두려움이 엄습한다.

난 습관처럼 고갤 숙여 땅을 내려다보았다.

"한 사람"을 기다리며 서 있는 날 보면서, 나와 같은 소원을 가지고 그 자리에 서서 소망을 울려 주던 그의 모습이 떠올려진다.

그의 사랑이 내 가슴을 울리는지 나의 눈에 눈물이 고이기 시작한다.

어제와 다른 눈물이란 것을, 난 알고 있다.

이 눈물은 어제처럼 양심에서 흘러나오는 물이 아니라, 그가 주는 사랑이 날 감동시켜 흐르는 눈물이다.

오후 근무자들 출근 소리가 멈춰진 방송국 앞은 한산해져 쓸쓸하기 그지 없었다.

시간이 얼마나 더 지났을까?

눈에 익숙한 차 한대가 내 시야 안으로 들어와 그 자리에 서 있는 것이 보여졌고, 누군가 차에서 내려 나와 같은 모습으로 서 있는 것이 또렷이 보여진다.

심장이 뛰는 소리가 들려 온다.

어느새 내 온 육체는 그를 향해 달려 나갔고, 난 내 심장이 원하는 대로, 아무런 부끄럼도 없이, 그의 품에 안기고 말았다.

난 고갤 들어 그에게 말을 해 주었다.

"기다리고 있었어요."

그는 내게 온화한 미소를 건네주면서 빛나는 눈동자를 보이며 날 바라보고만 있을 뿐이다.

난 용기를 내 그에게 말을 했다.

"당신의 스파게티를 먹고 싶어요."

그의 눈동자에 짧은 고심이 보였고, 잠시 있다, 그는 고갤 끄덕여 대답을 해 주었다.

차 안엔 바람이 불고 있다.

마음에서 울려 나오는 그의 진실이 그의 바람을 타고 내게 사랑으로 울린다.

그의 바람은 그 어떤 순간보다 날 더 자유롭게 해, 나를 먼 바다로 인도한다.

그가 음악을 들려 준다.

'이 음악 맘에 들어요?'

난 그의 소릴 들을 수 있어, "네에." 하며 고갤 끄덕였다.

그는 음악 속에서도 울림을 느끼는지 무척 평온한 얼굴이다.

귓가에 있던 그의 음악은 마음으로 들어와 날 사랑으로 이끌고, 그에게 있던 그의 호흡은 내 피부로 와 닿아 내 세포 하나하나까지 순결하게 만들어 주고 있다.

모든 어려운 질문과 문제들이 다 씻어 내려진 듯, 내 깊은 곳에선 겨울 계곡 사이로 흐르는 맑은 시냇물 소리가 들려온다.

차가 그의 집 앞에 이르자 음악 소린 멈춰졌지만, 내게 들려지는 시냇물 소린 여전히 흐르고 있다.

불이 밝혀진 집 주변은 멀리서부터 따스함이 감돌아 있다.

그 따스함은 나를 따라 집 안 으로 들어와, 곳곳에서 숨을 내쉬며 날 감싸 안아 준다.

아이가 떠난 덩그러한 거실엔 아이 웃음소리가 사방에서 들려지는 것 같다.

그는 내게 스파게티를 만들어 주러 부엌으로 들어갔다.

그의 손 씻는 소리에서도 맑은 가락이 울려 나온다.

스파게티 향이 부엌과 거실에 퍼지더니, 곧이어 예스런 등불의 도움을 받아 빛을 발하는 그의 스파게티가 내 앞에 모습을 드러냈다.

셋이 함께 있는 것처럼, 그의 호흡이 아이의 빈 공간을 채운다.

그의 스파게티 맛은 표현할 길이 없어, 그저 이렇게 말하는 게 옳을 것이다.

아마도 저 높은 천상에서 스스로 이 낮은 지상으로 떨어져 날 찾아와 준 그런 맛일 거라고.

아이하고 셋이 갔었던 예쁜 식당의 그 스파게티가 생각났다.

선물 상자에서 나온 것처럼 완벽하게 빛나 보이던 스파게티였지만, 그 안에 무엇이 빠졌었는지를 이젠 정확히 알게 되었다.

'사랑'

세상에 있는 사랑이 아니라, 그의 울림에서만 존재하는, 아니면 그의 순수한 영혼의 울림이 전달된 또 다른 순수한 영혼에게서 있을 수 있는 사랑, 나를 '다른 나'로 만들어 준 특별한 사랑, 바로 그 한없는 존귀한 사랑이 그의 스파게티에 들어 있는 맛이었다.

인간은 마음의 존재라고 했던가?

처음 그의 스파게티를 맛보면서, 내가 속하지 않은 세상으로부터 초댈 받았다는 것을 마음속 '나'는 알아, 난 그 식탁에서의 감동을 오래도록 간직하고 싶었던 거였으며, 그의 스파게티를 맛 본 후에는, 내게 그의 울림이 가늘게 들어와 그의 눈동자 속에 있는 '나'에게 때가 묻어 있는 내 마음이 비쳐져, 난 감정에만 충실했던 지난 시절의 일들이 뉘우쳐졌던 것이다.

아이는 그와 같이 호흡을 나누며 그가 만들어 준 스파게틸 함께 먹을 때, 그의 순수한 울림이 아이의 마음에 들어가, 그와 하나의 울림을 갖게 되었고, 때가 묻지 않은 아이에게는 그의 울림이 순백의 모습 그대로 들어갈 수 있어, 아빠와 같이 자신은 없고 상대방만 존재하면서 상대방을 위해 해 주는 일이 자신의 소원이 되는, 그런 소원을 갖게 되었던 거다.

나의 눈에 때가 묻은 나의 옷이 더 탁하게 보이고 있다.

내 옷이 때가 묻어 보이는 것은, 부끄럽게도, 마음으로 비쳐진 위선의 옷을 입고 있는 나 자신의 모습이다.

그는 내가 보고 있다는 것을 느꼈는지 가끔 날 바라본다.

말이 없는 그이지만, 얼어붙은 세상에서 나를 따뜻하게 안아 주는 사랑의 언어들이 그의 눈빛에, 그의 호흡에, 그의 미소에 있다는 것을 알게 한다.

그는 내 마음의 소리들을 듣고 있을까?

누구에게든 내 옷을 들키고 싶진 않지만 '그'에겐 괜찮을 거라는,

'그'의 울림이 내게 울려 지는 한, 난 '그'라는 완벽한 피난처에 숨을 수 있고 세상의 모든 관계와 일들에서 벗어날 수 있어 안심할 수 있을 거라는 나의 말을 듣고 있을까?

그가 만들어 준 두 번째 스파게티는, 처음의 그때처럼, 여전히 기분 좋은 맛을 내어 주었고, 지금은 그날과는 다르게, 마치 음식뿐 아니라 이 공간의 모든 것이 그릇에 담겨져 이 시간과 공간을 다 먹게 하는 듯한 감동이 전해지고 있다.

그의 눈동자 속에 비쳐진 '나'에게, 신비롭게도, 그의 호흡에서 울려지는 그의 울림이 그의 스파게티와 그것을 담은 그릇에 같이 울려지는 것이 보이면서, 내가 스파게티만 아니라 그 울림이 전하는 사랑도 같이 먹는 모습이 보여지고 있다.

어떻게 그것이 보여질 수 있는가를 말로서 설명할 순 없는 일일 것이다.

그의 울림이 처음 내게 울려졌을 때, 그땐 내가 그를 알지 못했을지라도, 그가 나의 "한 사람"이 되어 주면서 단단했던 현실의 벽이 힘없이 무너져 내가 '다른 나'로 살아가게 되었는데, 난 지금 그의 눈동자 속에 있는 날 보면서 그것이 전부가 아니었다는 것이 깨달아진다.

내가 그를 알기 훨씬 전부터, 그는 자신의 울림을 내게 울려 주었고, 나의 "한 사람"이 되어 날 사랑해 주길 원했으며, 내 안에 들어와 자신의 사랑을 울려 주고 싶었는지 모른다.

날 만나기 오래 전부터 나를 사랑해 준 그 "한 사람"이 실제로 내 앞에 나타나 자신의 울림을 울려 주었고, 그 "한 사람"과 같이 먹고 마시며 그의 사랑을 받고 있었는데도 그의 존재를 깨닫지 못했다가, 그를 다시 만나 내 앞에서 울려 준 그의 울림에서야 비로소 '나'가 그를 알게 되었으며, 그의 울림이 내 호흡으로 들어와 울리게 되었을 때 난, '사랑'이란 의미를 알게 되면서 '그'의 존재를 깨닫게 된 것이다.

왜 그렇게 많은 청취자들이 전하는 사랑의 언어들에 허무함을 느끼고, 내게 있는 기운들이 다 빠져 나간 듯 힘이 없게 되었을까 했던 그 이유를 알 것 같다.

내 앞에 보여지는 그들의 사랑은 언제 변할지 모르는 허무한 사랑이라는 것을 내 안에 그의 울림이 기침하며 알려 주는 순간, 모든 허상 앞에서 그 허무한 사랑을 지키려 서 있던 내 마음의 벽이 스스로 허물어져 순식간에 무너지는 것을 내 온 몸이 느끼게 되면서, 난 그렇게 기운이 빠졌던 거다.

아마, 내가 그에게 두 번째 소원을 물어보고, "내가 그것을 원하니까요." 했던 그의 글자들을 읽으면서, 현실의 벽이 무너졌을 때의 그런 울림이 이번엔 내 마음속 벽 앞에서 한 번 더 울리기 시작했으며, 오늘 "책을 읽어 주는 시간"에 그 울림은 내 마음속 '나'의 벽을 완전히 허물어 뜨려, 난 마지막 숨을 내놓는 것 같이 기운이 다 빠져 나간 듯 했던 거다.

그때, 내 안에 들어와 기침을 계속하는 그의 울림이 나의 소생을 위해 힘을 다하여 울려 주고 있다는 걸 내 깊은 속 '나'는 알게 되었고, 다시 일어난 '나'는 '그'를 느끼며 너무도 간절히 '그'가 보고 싶었던 것이다.

이제 모든 것을 알게 되었다.

그는 나를 만나기 전 처음부터 날 기다려 주어, 그렇게까지 내 안에 들어와 그의 사랑을 같이 울리고 싶었다며 내게 말하고 있었다.

그의 울림이 처음 내게 울려 내 양심의 문을 두드렸을 땐, 난 스스로 그를 떠나야 한다고 멀리 달아나려 했지만, 그의 울림이 날 허물어 '그'가 내 안에 들어와 나와 같이 울려지고 있다는 걸 깨닫게 되었을 땐, 내가 '그'의 존재를 알아보게 되면서 그를 진심으로 사랑하는 '나'가 되었다는 것을, 이제 알게 되었다.

그의 울림 안에 들어 있는, 내가 진작 알았어야 했던 하나 더 '특별한 마음'은, 세상이 흔히 알고 있는 평범한 사랑 같은 것이 아니었다.

그의 울림 전부를 쏟아 주고 모든 소원까지 품어준 사랑, 내 안에 들어온 것은 바로 그 사랑이었으며, 그 한 통의 전화가 내게 울렸을 때 세상이 도저히 알 수 없는 그의 사랑도 같이 울려, 난 그 사랑으로 기적의 일들을 맛보면서 '다른 나'가 될 수 있었다는 것까지 이제 다 알게 되었다.

그 사랑이 그의 심장부에 있어, 날 바라보는 눈빛엔 그의 마음이 투영돼 '당신을 사랑합니다.'가 쓰여져 있었고, 그의 스파게티엔 그가 가진 '한없는 사랑'이 한 줄기 바람을 타고 빛 가득 촉촉히 들어가 있었던 거며, 난, 그 눈빛을 보면서 그것을 먹었던 거다.

'그'가 내 앞에 있다.

내 안에 들어온 그의 울림은, 내가 속한 시간과 공간까지, 나의 전체에서 크게 울려진다.

난 '다른 나'가 되었지만, '한번 더 다른 나'가 될 것만 같은 감동이 밀려 든다.

그가 왜 날 사랑하는 지 알 수 없지만, 알 수 있는 것 하나가 있다.

나도 그를 사랑하고 있다는 사실이다.

어느덧 이 식탁에서의 만찬이 끝나 간다.

난 그에게 차 안에서 들었던 음악을 듣고 싶다고, 내가 돌아갈 때까지 듣고 싶다고 적어 주었다.

그는 날 사랑스런 눈빛으로 바라보면서 고갤 끄덕여 주었다.

그리고는, 식탁을 정리할 테니 기다려 달라고 말한다.

그는 나에게 사랑한다 말을 한 적이 없지만, 난 그의 눈빛에서 그의 호흡에서 그의 싱그런 웃음에서 느낄 수가 있게 되었다.

세상은 '나'가 '너'에게 사랑한단 말을 해야 '너'가 '나'를 사랑한다고 알 수 있지만, 그와 난 어떤 말이나 어떤 소리를 들려주지 않아도 그것을 알 수 있게 된 것이다.

말이 있는 세상에서 말을 하지 않더라도, 소리가 존재하는 세상에서 소리를 내지 않더라도, 그가 '나'를 알 수 있고 '나'가 그를 알 수 있다는 것이 참 신비롭다는 생각이 들었다.

음악은 거실로 흘러나오고 그가 내 앞에 앉았다.

그가 건네준 레몬차의 향기가 내 호흡에 한 가닥 숨을 넣어 주며, 나로 그에게 더 다가가게 한다.

내가 펜을 먼저 들었다.

'음악은 어떻게 울리는지 궁금해요.'

'음악은, 노래 소리든 악기 소리든 손끝에서 울리기 시작해서 소리가 닿는 공간까지 다 울림으로 만들어 주어요.

그 공간의 사람들 중에서 그 소리가 가슴에 울리게 되면 그 울림은 그들에게 들어가 감동을 주게 됩니다. 눈물을 흘리게도 해 줍니다. 악기를 연주하는 사람이 긴장을 하게 되면 그 마음과 같은 바람이 불어와 그 울림도 긴장하며 울리게 되죠. 그러면 그 소리는 연주자를 찾아온 관중과의 사이에서 같이 긴장으로 울리게 되어요.

악기를 연주하는 사람의 마음이 사랑과 보살핌으로 채워지게 되면 그 마음과 같이 푸근한 바람이 불어와 그 소리를 돕게 됩니다.

그 울림은 듣는 사람에게 들어가 연주자를 찾아온 관중과의 사이에서 같이 사랑으로 울리게 되어 차가운 마음에 봄이 오게 되고, 때로는 마음이 가난해져서 사람을 긍휼히 여기는 마음이 피어나게 되죠."

그는 날 한번 바라보고 글자들을 이어 간다.

'음악은, 그 소릴 들려줄 때도 마찬가지에요. 한 사람이 마음으로 좋아하는 음악 소리를 들려줄 때 같이 들어 주는 사람이 그를 좋아하는 심정으로 그 음악 소릴 듣게 되면 그 사람도 그 소릴 좋아하게 되고, 둘 사이에선 그 소리가 같이 사랑으로 울리게 됩니다.

난 소리를 듣지 못하지만, 울림을 알게 되면서 가슴으로 더 많은 소리를 듣게 되었어요.'

그가 울림의 글자들을 적어줄 때마다 그에게서 따뜻한 바람이 불어오고 있다.

'때론 연주자가 악기와 하나를 이루지 못해 다른 소릴 낸다 할지라도, 듣는 자신 "한 사람"이 기꺼이 관중이 되어 그 연주자가 좋은 소리를 낼 수 있으리라 믿고 기다려 주면, 그 연주자는 언젠가 이 땅에서 단 "한 사람"만이 연주할 수 있는 단 하나의 소리를 내게 되면서, 나중엔 많은 사람들에게 그들의 "한 사람"이 될 수 있게 됩니다.

난 그의 말을 읽고서 그를 바라보았다.

내 앞에 날 바라보는 그의 눈빛이 있다.

난 이번엔 노트에 적지 않고 그를 보면서, "차 안에서 당신이 들려준 음악이 너무 좋았어요. 날 사랑으로 이끌어 주는 것 같았어요. 나, 이곳에서도 그 음악 듣고 싶어 당신께 들려 달라고 했던 거예요." 하고 말해 주었다.

그의 얼굴에 조금씩 붉게 노을이 번져진다.

그에게 사람의 말소리는 어떻게 울리는지를 물어보았다.

그는 날 바라보았던 시선을 조금씩 내려 나에게 들려줄 말을 적기 시작했다.

'연주자의 마음에 따라 울림이 달라지듯이 사람의 말도 그 사람의 마음에 따라 울림이 달리 나오게 됩니다.

말은 마음에 있는 소리가 울림을 통해 나오게 되는데, 사람의 마음에는 여러 마음들이 있어요. 말은 마음이 가는 곳에 따라 다른 소리로 다른 울림을 내고 있어서, 그 사람에게 어둔 울림이 나오게 되더라도, 그 말을 듣는 자신이 "한 사람"이 되어 그의 마음이 맑은 울림을 낼 수 있는 곳으로 이끌려서 맑은 울림이 나올 수 있게 될 거란 믿음을 갖고 기다려 주면, 곧 그한테는 그런 울림이 나오게 되어요. 사람에게 격한 울림이 나오게 될 때가 있지만 듣는 자신이 그런 울림을 가지고 있지 않으면 그 울림은 나와서 떠돌다 금방 사라지게 되죠.

음악 소리든, 말소리든, 사람을 통해서 나오는 소리는 그 사람의 마음에 따라 다른 모양새로 울리게 되는데, 울림이란 같이 울릴 때 소리를 낼 수 있어서, 듣는 사람이 존재하지 않거나 들어도 같은 울림을 갖지 않게 되면 그 울림은 아무런 의미 없이 사라지게 됩니다. 누군가가 사랑의 울림이 있다 할지라도 그 울림이 들어가 같이 울려줄 수 있는 "한 사람"이 없다면 홀로 외로워지다가 그 울림조차 사리지게 되어요.

음악 소리도 마찬가지입니다. 연주자가 악기를 연주할 때 그 울림이 들어가 같이 울려줄 수 있는 "한 사람"의 관객이나 청취자가 없다면, 연주자 자신이 듣고 있지 않는가 하며 스스로를 위로할 수 있겠지만, 언젠가는 홀로 외로워 지치다 그 울림조차 사라지게 되는 거예요.

나의 말을 들어 주거나 기다려 주는 단 "한 사람"이 없다면 자신은 아무런 의미가 없고 존재하지도 않게 되는 겁니다."

그가 적어 준 울림의 글자들이 내 심장에 들어와 나와 같이 울려진다.

나의 어린 시절부터, 아니 그 이전부터, 내가 착한 일을 했든지 못난 일을 했든지 날 지켜보고 있던 어떤 존재가 정말 있었던 것이다.

그 어떤 존재는 나의 내면까지 면밀히 다 알고 있어, 내가 작으나마 착한 일을 했던 순간들을 다 기억하고 있다가 언젠가 그 대가로

상을 주려고, 어려운 시절을 허락해 그 "한 사람"을 간절히 소망하는 마음을 갖게 하고서, 오늘날 내 앞에 '그'를 만나 축복에 이르도록 모든 것을 만들어 주었던 거다.

나를 알고 있는 그 어떤 존재가 나에게 '그'라는 상을 주고자, 어려운 시절부터 기적의 순간에 이르러 이 모든 걸 만들어 주었다는 말이 맞았다.

그의 펜은 연한 바람소리를 내며 계속 적어 나가고 있다.

'말은, 말을 하면서 들려지는 자신의 소리와 말을 들으면서 들려지는 소리들까지 그 울림이 다 말 하는 자신에게 곧바로 울려집니다. 모든 기쁜 울림은 그 안에서 같이 기뻐지게 되고 모든 아픈 울림도 곧 자신에게 울려져 같이 아파지게 됩니다.

말은, 울려질 때 자신을 그 울리는 대로 가게 해 줍니다. 말이 좋은 길로 인도되어 갈 때는 또 하나의 좋은 길을 더 만나게 되고, 자신을 그 말이 울리는 대로 한 번 더 이끌어 주지요. 말이 다른 험한 길로 이끌려 가 자신이 아파 있게 될 때에라도 누군가가 "한 사람"이 되어 희망의 말을 들려주며 자신에게 희망의 울림을 울려 준다면, 그 울림은 손을 내밀어 말이 다시 좋은 길로 갈 수 있도록 말을 이끌어 주며 그 자신에겐 소망을 갖게 해 주죠.'

그가 나에게 말을 하고 있다.

'말은, 자신이 하는 말이든 들려서 듣는 말이든 다 자신에게 들려

지고 울리어져 결국 그 울림대로 가게 됩니다. 그래서 모든 말들은 나에게 하는 말이 되는 겁니다.'

그의 글자들을 읽고 있는 난, 그의 말을 듣고 있다.

'마음의 소원이 이루어지길 바라는 소망의 울림 또한, 자신을 위한 소원과 남을 위한 소원까지 다 자신의 것으로 같이 울려지게 됩니다.

그 울림들이 밖으로 울려 나오면서 소원들이 이루어지게 되면, 그 소원이 자신의 것이었든 남을 위한 것이었든 그 울림은 곧바로 자신에게 어떤 모양으로라도 또다시 울리게 되죠. 하나의 소원은 또 하나의 소원으로 이끌어 준다는 의미입니다.

소원의 울림도 말의 울림처럼 마음에서 울리고 있어서, 기쁜 소원은 기쁘게 울리며 또 하나의 기뻐하는 소원을 갖게 해 줍니다. 비록 비겁한 소원에 대해서도 어둔 울림을 물리쳐 주는 맑은 울림이 찾아와 울려 준다면, 그 울림은 그 소원이 비겁했다고 알려 주며 다시 남을 기쁘게 해 주는 소원이 자신의 소원이 될 수 있도록 손을 내밀어 줍니다.

사람들이 묻겠죠. 소원들의 대상이 다른데, 다 같이 자신의 것이 될 수 있겠냐고 말입니다.

'나'를 위한 것이든, '남'을 위한 것이든, 진정한 소원을 가지게 될 때 그 마음의 울림은 마치 자신과 하나가 된 것처럼 모두 애절히 울려지게 됩니다.

언젠가 마음으로 간절한 소원을 갖게 될 때, 자신을 위한 것이나 남을 위한 것이나 다 자신의 소원이었음을 스스로 깨닫게 될 거라고, 난 말해 주겠습니다.'

그의 펜은 말을 하나 더 적어 주었다.

'내가, 당신에게 "한 사람"이 나타나기를 소원하는 소망의 울림을 갖게 되면서, 차츰 내 안에서도 나의 "한 사람"에 대한 소망이 같이 울리게 되었죠. 당신이 내가 만든 스파게티를 처음 기뻐할 때, 난 당신에게 "한 사람"이 나타났음을 알게 되었어요. 당신이 행복하다는 마음의 울림이 느껴졌습니다. 그리고, 당신이 처음 노트와 펜을 건네줄 때 나에게도, 내 마음과 같이 울려 줄 나의 "한 사람"이 나타났음을 알려 주는 울림이 내 손끝에서 기쁘게 울리고 있었습니다.'

잠시, 심호흡이 그에게서 흘러 나온다.

'그날, 난 세 번째 소원을 가지게 되었는데, 그래요. 이루어졌는지도 모르겠어요.'

그의 글자들이 내 안에 들어와 버린 듯, 난 그이와 그의 글자들에게서 시선을 옮겨 놓을 수가 없다.

'난 아이와 함께 서로 울림을 같이 느끼면서 외롭지 않았어요. 내가 많이 사랑하는 것을 아이가 알고 있었고 아이도 날 많이 사랑해 주었거든요.

"책을 읽어 주는 시간"에 아이에게 당신을 사랑하는 마음이 들어오면서, 아이 안에서 나와 당신이 같이 울려지게 되었던 거죠. 난, 아이의 소원 안에서 나와 당신이 함께 있게 되었다는 것을 아이가 떠날 때 건네준 선물을 보고 알았습니다. 당신과의 만남과 울림, 나에게 "한 사람", 그것은 아이가 내게 건네준 선물이었습니다. 내 안에 있는 나의 두 번째 소원의 울림과 아이 안에 있는 나와 당신을 향한 순수한 울림이 나에게 "한 사람"을 만날 수 있게 해 주었던 겁니다.

내 마음에는 아이의 울림이 영원히 남아 있을 거예요. 내가 아이를 많이 사랑하니까요."

난 그를 바라보고 있다.

그의 투명한 눈빛을 보면서 난, 내 마음을 말해도 부끄럽지 않을 거라 여겨졌다.

"당신의 울림을 읽을 때마다 가슴이 저며 와요. 아이에게 고마워요. 난, 당신의 "한 사람"이 되었고, 당신은 내가 당신을 알기 전에 나의 "한 사람"이 되었어요. 당신과 난 그것을 알 수 있어요. 내가 외로웠을 때 나에게 다른 말과 다른 마음이 들어오지 못하게 지켜 주었던 것은 당신의 울림이었어요."

그는 내게 어떤 사랑의 언어를 써 주지 않았지만, 난 그의 눈빛에서 날 향한 사랑을 본다.

내가 그의 글자들을 읽어가는 순간, 그 울림은 마치 내 호흡과 세포의 겉에서 기다렸다는 듯 내 안으로 들어와 버려, 그가 적어 준 모든 울림들이 내 안에서 그와 하나의 울림으로 같이 울려진다.

그가 모두 다 사랑하고 있는 것처럼 나도 모두를 다 사랑하고 싶다.

'그'와 '나', 서로를 바라보는 이 공간에 그의 음악이 물결처럼 흐르고 있다.

난 음악에 몸을 맡기고 싶다 말했다.

내가 일어나 그에게 손을 내밀었다.

그의 손끝이 떨려 온다.

난, 내 앞에 서 있는 '그'의 품으로 들어가고 있다.

그이 안에 있는 난, 그하고 같이 호흡을 내쉬고 있다.

그이 심장의 움찔하는 진동소리가 내겐, 이 공간을 가득 메운 음악소리의 한 악기처럼 들려온다.

그의 품은, 아주 작은 어둠이라도 감히 기웃거리지 못할 것 같은 그윽한 평안이 에워싸 있었고, 난 그이 안에서 영혼의 쉼과 자유를 얻은 존재가 되고 있었다.

난 음악에 맞춰 발을 움직였다.

그도 나를 따라 조금씩 천천히 움직인다.

머릿결 위에선 그의 호흡이 바람을 불어 주고 있다.

그의 손을 내 허리에 두면서 난, 그이에게 말을 했다.

고개를 들지 않고 말했지만 그가 울림을 느꼈는지 조심스럽게 내 얼굴을 들어주었다.

난 얼굴에서 뜨거움이 느껴지고 있다.

그를 보면서, 그와 어울리지 않는 나의 옷이, 때가 많이 묻은 나의 옷이 보여진다.

'내 옷에 때가 많이 묻어 있어요. 내게 새 옷을 만들어 주세요.'

그가 내 입술을 보며 내 말을 읽고 있을 때, 난 그의 수정같이 맑은 눈빛을 바라보았다.

그이 눈빛에서 그가 내 마음까지 읽고 있다는 것이 느껴진다.

내가 블라우스 단추를 열기 시작하자, 그는 눈을 감는다.

음악은 나의 호흡으로 들어와 내 마음에서 울리고 있다.

난 내가 입고 있었던 때가 묻은 옷들을 하나씩 벗어 다 내려 놓았다.

그리고, 그가 나의 몸을 잴 수 있도록 그이 손을 나의 몸에 이끌었다.

눈을 감은 채로 어떤 움직임도 갖지 않았던 그의 손이 조용히 움직이기 시작한다.

나의 피부 표면에선 그의 바람이 불고 있다.

그이 앞에서 난, 부끄러움이 느껴지지 않는 거다.

나를 사랑해 주는 그가 나에게 자유를 주었고, 또, 내가 그를 닮은 모습으로 다시 태어날 수 있게 그가 나에게 새 옷을 만들어 주려 한다.

그의 손끝이 나의 몸에 닿게 될 때마다 그는 더욱 조심스러워 했지만, 난 세상의 모든 울림을 느끼는 그의 손끝이 나의 몸에 살짝 닿을 때마다 신비로운 전율이 전해지는 것 같았다.

그는 나의 몸을 다 재고 손을 내려서도 여전히 눈을 감고 있다.

난, 그의 품에 안겼다.

그의 심장소리가 쿵쿵하며 내게 인사를 해 주고, 굳은 채로 있었던 그의 팔은 서서히 풀어져, 나의 몸이 편안히 기댈 수 있도록 날 따스이 감싸 안아 주고 있다.

그의 부드러운 팔 안에서, 안식을 얻고 있는 나 자신이 느껴진다.

그와 난, 우리 사이에서 흐르는 음악 소리에 하나가 되어버린 것 같이, 내가 그 안에 있음을, 그가 내 안에 있음을, 음악 소린 우리 안에 있음을 같이 느끼고 있다.

나에게 하나의 울림이 울려진다.

'난 그를 사랑하고 있어. 그도 날 사랑하고 있는 거야.'

나의 말이 그 안에서 같이 울리고 있을지도 모른다.

시간이 많이 흘러가 있었지만, 여기서는 모든 게 멈춰져 있는 것 같다.

난 그의 품에서 이제 가야될 것 같다고 너무 늦어버렸다고 내게 옷을 입혀 달라고 말을 했다.

그가 울림을 느꼈는지 음악이 흐르는 이 공간에서 잠깐 멈춰 서는 거다.

난 눈을 감고 있는 그에게 나의 말을 읽을 수 있게 그의 손을 내 입술에 갖다 대었다.

'이전의 '나'는 인형같이 굳어져 버렸어요. 인형에게 옷을 입혀 주세요.'

그가 눈을 떴다.

그의 눈빛에서 난, 허울뿐인 나의 육체를 바라보는 것이 아니라 어떤 위장도 허락할 수 없는 나의 영혼을 바라보고 있다는 것이 느껴졌다.

그의 손에 내가 입었던 옷을 올려놓았다.

그는 날 바라보고 있고, 난 그의 눈동자 속에 있다.

하나씩 하나씩 그가 나에게 옷을 입혀 주었다.

그이 손끝의 섬세함은 내 피부와 세포 위에서 생기를 조각하며, 나에게 새로운 생기를 넣어 주고 있다.

갈증이 느껴졌다.

난 그를 보면서 목이 마르다 했다.

'인형에게 물을 줘서 숨을 쉬게 해 주세요.'

이번엔 내가 눈을 감았다.

눈이 감겨 있는데도 오히려 모든 것이 밝게 보이고 있다.

그가 내 앞에 있는 것이 보였고, 그에게서 성결한 호흡이 바람처럼 불어와 날 신성한 기운의 고리 속으로 불어 넣어 주는 것이 보여졌다.

그의 사랑이 내 안에서 이제 영원히 머물겠다 말을 한다.

그의 작은 심호흡이 느껴진 후, 부드럽게 젖어 있는 그의 입술이 내 입술에 와 닿아, 촉촉한 생수가 조금씩 내 안으로 흘러 들어왔다.

난, 그와 하나의 사랑을 머금은 한 존재로 새로이 태어나고 있다.

내가 눈을 떴다.

내 앞에 그가 있다.

그와 난 오래전부터 서로에게 말을 하고 있었다.

난 그에게,

'당신을 사랑합니다. 이 세상 끝 날때까지.'

그는 나에게,

'오래전부터 당신을 사랑하고 있었어요. 영원히 사랑합니다."

우린 서로를 바라보면서 말을 하고 있었던 것이다.

우리에겐 짧은 시간이, 세상에겐 긴 시간이 흘러가고 있다.

그는 빛나던 그의 시선을 서서히 내리며 말을 한다.

'많이 늦었어요.'

고개를 끄덕이며, 난 그에게 말해 주었다.

'오늘 밤을 잊지 못할 거예요.'

그의 눈빛이 노을 비친 호수처럼 아름답게 빛나고 있다.

그 빛이 말하고 있는 것은, '사랑'이었다.

그와 함께 나와서 맞이한 밤의 세계는 그의 호흡이 주인공이 되어
있었다.

그이 영혼의 숨결이 내게 들어와 새 공기를 내뿜어 주며, '한 번 더
다른 나'의 탄생을 축복해 주고 있다.

차 안에서 그는 음악을 들려주었다.

'나'와 '그'가 한 존재로 되어, '우리' 안에 같이 울렸던 그의 음악
이었다.

그는 말이 없었지만, 그로부터 불어오는 바람의 결들이, '사랑'이
란 그 단어를 쓰지 않아도 이미 이 세상에 존재하고 있었다는 것을
알려 준다.

그는 아주 옛날부터 옷을 만드는 사람이었을 거다.

우린 마음속 깊은 곳에 '나'라는 존재가 있어, 아마도 그 '나'는 보
이는 우리의 현실과 보이지 않는 우리의 과거와 미래까지 알 수 있
는 능력을 소유하고 있는지도 모른다.

아이의 마음 속 깊은 곳에 있는 '나'라는 존재가 그는 새 옷을 입어
야 하는 사람들을 위해 다시 옷을 만드는 사람이 되어야 한다는 사

실을 알았기에, 아이는 순수한 마음으로 그것을 소원으로 가지게 되었고, 아이의 순수한 사랑의 울림에 그가 들어가 같이 그 소원대로 울리게 되어, 아이를 위해 옷을 만들어 주었던 거다.

나 역시, 나의 마음 속 깊은 곳에 있는 '나'는 그가 옷을 만드는 사람임을 알았기에, 그 앞에서 난, 때가 묻은 옷을 입었다는 게 보여져, 내가 다시 태어날 수 있도록 그에게 새 옷을 만들어 달라고 했는가 보다.

그와 내가 서로 건네주던 말이 생각났다.

'어린 시절 "사랑의 요정"을 읽으면서, 마을의 축제가 있던 날 파데트가 랑드리와 춤을 출 때 예쁜 옷을 입었으면 좋았을 텐데, 생각했었어요. 그녀를 위해 예쁜 옷을 만들어 주고 싶었어요.'

'난 어린 시절에 "사랑의 요정"을 읽으면서, 내가 파데트가 된 것처럼 마을의 축제일에 입을 예쁜 옷이 있었으면 좋겠다고, 예쁘게 옷을 입고 랑드리와 춤을 추면 좋을 텐데, 생각했었어요.'

맞아, 그는 오래전부터 옷을 만드는 사람이었어.

세상의 많은 파데트에게 깨끗하고 맑은 사랑의 요정의 옷을 새로 만들어 주고 싶었던 거야.

그와 난 어린 시절부터 서로의 마음에 있어, 언젠가 만날 날을 기다렸었는지도 모른다.

한 사람은 그녀에게 옷을 만들어 주기 위해서, 한 사람은 그가 만들어 주는 옷을 입고 '나'라는 굴레를 벗어나 자유로운 영혼의 모습으로 예쁜 춤을 추기 위해서 말이다.

난 세월의 흐름 속에서 변모해 버렸지만, 그인 그 마음을 아직도 간직하면서 순수한 사랑의 울림을 계속 울려 주고 있었기에, 그때도 지금도 난 그가 옷을 만들어 주길 원했던 사랑의 요정의 파데트가 될 수 있었던 것이다.

내가 "책을 읽어 주는 시간"에 "사랑의 요정"을 읽었던 것은, 그이를 만나게 해 주려 했던 그 어떤 존재의 부름에 의해 이루어진 일이 맞다.

아주 오래전부터 그는 나의 사랑의 요정이었고, 난 그의 사랑하는 파데트였던 거다.

그이 울림은 오래전부터 울려져, 그의 파데트였던 나를 '다른 나'로 만들어 주었고, 오늘은 '한 번 더 다른 나'가 될 수 있도록 그의 파데트인 나에게 새 옷을 만들어 주려 한다.

난 지금 나의 사랑을 바라보고 있다.

지상에서 그의 호흡으로 그의 바람을 느낄 수 있는 이 시간들이, 그와 함께 호흡하며 먹고 마실 수 있는 이 시간들이, 너무 행복에 겨웁다.

내 안에서 변화가 일어나고 있다.

그가 손끝으로부터 넣어 주었던 생기가 내 모든 세포 속에서 일을 하고 있었는지 메말랐던 내 피부에 맑은 물기가 차 오르고, 그가 내 입술에 흘려주었던 생수가 강물처럼 흘러 바다를 만들어 주었는지 내 마음에 잔잔한 호수가 흐르고 있다.

내일이 되면, 이 사랑의 울림이 나의 온 영혼까지 적시게 되어, 난 따뜻한 시선으로 마을을 바라보며 영혼을 울리는 목소리로 그들에게 책을 읽어줄 수 있게 될 것이다.

난 그를 바라보면서 나 자신에게 말을 한다.

　이제 정말 당신을 떠나지 않을 거예요.

끝없이 이어질 줄 알았던 이 밤의 도로는 집 앞에 와서 스스로 멈춰버렸다.

그인 운전대에서 손을 내려, 날 바라본다.

그는 나에게 말을 하고, 난 그의 말을 듣고 있다.

세상이 그에게 말을 하라 요구한다면 난 그들에게 말을 할 것이다.

당신들이 입을 다물고 귀를 기울인다면 그가 말하는 사랑의 음성을 들을 수 있어, 그와 대활 할 수 있게 된다고.

내가 무릎에 놓인 코트를 들고 있는 사이, 그가 밖으로 나와 차 문을 열어 주었다.

겨울의 밤공기는 차가웠지만, 내 앞에 서 있는 그에게서 따스한 바람이 흘러나와 겨울이 내놓은 밤의 찬 공기를 막아 주고 있다.

난 노트와 펜을 꺼냈다.

그에게 하고 싶은 말을 적으려 한다.

'내일도 기다리겠어요.'

그는 오래도록 내가 쓴 글자들을 보고 있다.

그가 펜을 들어 말을 한다.

'내가 당신 옷을 다 만들면 그 자리에 서 있을게요.'

난 그를 바라보면서 말을 했다.

'당신을 매일 보고 싶을 거예요.'

그는 펜을 들지 않았다.

그의 입술을 움직여 말을 하는 거다.

'당신을 많이 사랑합니다. 날 기다려 주세요.'

그가 말을 하는데, 나의 눈에 그의 입김이 보이는 거다.

내 눈에서 눈물이 흘러내린다.

그가, 그의 사랑을 내게 보여 주려고, 소릴 내지 못하지만 날 위해서 말을 하고 있다.

아이가 아빠에게 기적이 일어났으면 좋겠다고 눈물을 뚝뚝 흘렸던 그날과 같이, 내 눈에서도 뚝뚝 흘러내렸다.

난 그의 가슴에서 울었다

'네에.'

난 눈물이 흐르는 고갤 끄덕이며 그의 품안에서 말을 해 주었다.

그가 나의 울림을 느꼈는지 날 그의 품으로 자상히 안아 주면서, 내 뺨을 적시는 눈물들을 말을 걸 듯 어루만져 주었다.

처음, 차가운 바람이 내게 다가와 내 뺨 위로 흐르는 물들을 어루만져 주며 말을 걸어 주었던 그날이 생각난다.

그 바람과 똑같이, 그가 내 눈물을 어루만져 주고 있다.

'이 마을에서 단 한 사람, '너'가 아이와 아빠의 '울림'을 기억하는 구나.'

그 바람이 불고 있다.

아! 저 먼 곳에서 내게 불어왔다고 느꼈던 그 바람은, 바로 그이였다.

내가 그를 알기 전, 멀리 그에게로부터 바람이 불어와 내 곁에 머물면서, 그이하고 있을 때마다 바람을 불어 주며 자신이 '그'라고 끊임없이 말해 주고 있었다.

한 번도 변치 않고 내 곁에 머물렀던 그 바람을, 난 무심하게도 그저 익숙한 바람이라 여겼던 것이다..

난 눈에서 물이 마르길 기다렸지만, 내 마음속 깊이 그의 사랑이 들어와 영원히 마르지 않는 호수가 생겨 버려, 그것은 도저히 불가능한 일이 될 것 같다.

흐릿해진 눈을 들어, 난 그에게 말을 해 주었다.

"네에, 당신을 기다리겠어요. 매일 그 자리에서 당신을 기다리다 보면 언젠가 당신이 와 있을 거예요."

그의 눈빛은 밤하늘의 별들을 안으며 날 바라보고 있다.

아직 펼쳐져 있는 노트에서, 그가 적어준 '세 번째 소원' 그 글자들이 내 흐려진 눈 사이로 들어왔다.

'당신이 처음 노트와 펜을 건네줄 때 나에게도, 내 마음과 같이 울려 줄 나의 "한 사람"이 나타났음을 알려주는 울림이 내 손끝에서 기쁘게 울리고 있었습니다.

그날, 난 세 번째 소원을 가지게 되었는데, 그래요. 이루어졌는지도 모르겠어요.'

난 그를 바라보면서 물어보았다.

'당신의 세 번째 소원이 정말 이루어졌나요?'

그와 나 사이에 얼마가 흐르고서 그가 고개를 끄덕였다.

'궁금해요. 알려 주세요.'

그가 눈빛으로 내게 말을 전해 주었다.

'언젠가, 나중에요.'

그에게서 바람이 불어온다.

따스한 그의 손이 내 뺨 위에 흐르는 눈물을 사랑스럽게 어루만져 주고 있다.

난 그이 손 위로 나의 손을 올려놓았다.

그는 천천히 손을 내리면서 나의 손을 잡아 주었고, 그의 내려진 손에선 나의 눈물이 자국마다 빛을 내고 있었다.

영원할 수 없는 이 밤이 슬펐지만, 그가 있으니까, 그가 내 곁에 있을 테니까, 난 안심 할 수 있다.

우린 서로에게 마음으로 밤 인사를 해 주었다.

우린, 서로의 말을 알 수 있는 마음의 언어를 가지고 있다.

내가 집 안으로 들어갈 때까지 그는 그 자리에 서서 날 지켜봐 주었다.

집 안에 들어와 그의 차가 떠나는 것을 보면서, 난 '영원'이라는 단어가 떠올랐다.

오늘 밤의 이야기가 영원할 수 있을까?

그렇게 된다면 얼마나 좋을까?

밤이 언제 지나갔나 모르게 아침 햇살이 날 비추고 있다.

어제의 일들이 다 사실이었을까?

그이와 대화했던 노트를 열어 봤다.

그가 적어 준 울림의 글자들이 어제의 일들은 다 사실이라 말해 주고 있다.

'사랑'이라는, '감사'라는, 말들을 생각한다.

말로서 설명이 안될 땐, 그 말 자체를 마음에 두게 되면 단어 스스로가 나의 마음을 전해주면서 대신 말해 줄 거라 믿어야 할 것 같다.

나의 말에 '감사'와 '사랑'이 들어와 있지만, 그 단어들을 사용하고 설명하려 할수록 의미가 퇴색되어져 날 대신해 일하기 어려울 것 같아, 그 말대로 마음에 두기로 했다.

난 그를 생각하는 것으로도 감사하는 사람, 사랑하는 사람이 되고 있었다.

내 발걸음은 너무 가벼워 땅이 붙들어 주지 않으면 하늘을 날 것만 같다.

그리고 내가 만지는 것마다 그의 숨결이 들어가, 내가 그러했듯이, 새로운 생명으로 다시 태어나게 될 것만 같은 거다.

모두 다 사랑하고 있는 그이의 숨결이 나에게 들어와, 내가 속한 세상을 변화시켜 놓았다.

오늘 "책을 읽어 주는 시간"의 난, 나의 목소리가 사랑의 음성으로 변하여 저 멀리 먼 하늘에까지 닿고 있는 것 같이, 그들에게 진심을 다해 사랑한다 말하며 책을 읽어 주었다.

"책을 읽어 주는 시간"에 나는, 어제와 같은 '나'가 앉아 있는 게 맞지만, 실제론 '한 번 더 다른 나'가 된 '나'가 마이크 앞에 앉아 있다.

마이크를 내려놓으며 5분만 길었으면 했던 아쉬움이, 오늘은 안타까움으로 변하여 그들을 위해 5분이 더 있었으면 하는 생각이 들었던 것은, 전에는 내가 나를 위해 책을 읽어 주며 더하지 못한 5분의 아쉬움였겠지만, 오늘은 내가 그들을 위해 책을 읽어 주는, 그들에게 더해 주지 못한 5분의 안타까움이었다.

어제의 그들을 향한 공허한 울림에 오늘의 '사랑'이라는 단어와 '감사'라는 단어로 꽉 채워져 있음이 느껴지면서, 난 눈에 물이 채워지는 것도 같이 보여지고 있다.

그를 알고부터 난, 울보가 되었나 보다.

금방 눈시울이 적셔진다.

"책을 읽어 주는 시간"이 끝나고 나오자, 부장님이 오늘은 많이 다르게 느껴졌다고, 오늘은 목소리가 젖어 있어서 "책을 읽어 주는 시간"이 더 사랑스러웠다며 그 시간에 빨려들어 가는 것 같았다고 했다.

부장님은, 나에게 전할 말이 있다며 퇴근 시간에 잠깐 보자 한다.

퇴근 준비를 마치고 부장실로 들어갔는데, 부장님 얼굴이 심각해 보이긴 했지만 웃음만큼은 싱글벙글이었다.

부장님은, 내가 부장님과 중앙 방송국으로 발령이 났다고 하는 것
이다.

사장님이 나를 잘 보셨는지 "책을 읽어 주는 시간"을 작은 지역에
두지 않고 중앙 방송국과 세계 지국으로 더 뻗어 나가게 할 계획이
라 했다면서, 이 프로그램을 기획했던 부장님도 같이 중앙 방송국
으로 발령을 받았다는 거다.

부장님은, 인생에 좋은 기회가 왔으니 꼭 붙잡고 올라가라며, 옆에
서 최선을 다해 도와주겠다면서 난 잘할 수 있을 거라 말해 주었
다.

그리곤, 아이들이 이 마을을 무척 좋아하는데 도시로 가는 것을 어
떻게 생각할지 아이들 걱정을 한다.

난 부장실을 나와 방송국 문 밖으로 무거운 발걸음을 옮겼다.

내일을 기약하기 어려웠을 때 그 발걸음의 무게와는 다른 것이었다.

그가 서 있던 그 자리를 보면서, 난 그의 말이 들려진다.

'내가 당신 옷을 다 만들면 그 자리에 서 있을게요.'

그는 지금 내 옷을 만들고 있을 텐데.

집으로 걸어가는 길에, 저만치 아이스크림 가게가 눈에 들어왔다.

지금은 나 혼자 가게에 들어가 차와 아이스크림을 주문했다.

아이가 울면서 했던 말이 떠오른다.

'아빠랑 헤어지기 싫어요. 아빠하고 같이 지금처럼 매일 아줌마 목
소리가 나오는 "책을 읽어 주는 시간"을 듣고 싶어요.'

나도 아이와 같은 심정으로 울고 싶어졌다.

'나마저 떠나면 혼자 남게 되는 그이'가 떠오르면서 가슴이 아려오
기 시작했고, 금세 눈물이 고였다.

처음으로 그를 위해 눈물이 흘러 내린다.

난 무엇인가 깨달아지고 있었다.

내가 울고 있는 것은, 나 아닌, 남을 위해 울고 있다는 것이다.

그와 아이에게 들어 있는 그들의 '사랑의 정의'가 나에게도 울려지
는 것일까?

'자신은 없고 상대방만 존재하면서 상대방을 위하는 일이 자신의
소원이 되며 기쁨이 되는 사랑', 그 사랑에는 아직 멀었지만, 그이
를 위해 흐르는 내 눈물 속에서 그토록 아름다운 그 '사랑의 정의'
가 막 꿈틀거리기 시작한 것은 아닐까?

"책을 읽어 주는 시간"에 울렸던 감동이 생각났다.

아마, 책을 읽어 주는 그 시간에 그 '사랑의 정의'가 내게 움을 트
고 있었는지도 모른다.

나의 아쉬움이 그들을 향한 안타까움으로 변하면서

눈시울이 뜨거웠잖아.

내가 전에는 안 그랬는데 말야.

테이블 위에 차가 든 잔에선 은은한 온기가, 아이스크림이 담긴 컵
에선 환한 웃음이 번져 내게로 전해 온다.

마치 찻잔과 컵이 내가 속으로 하는 말을 귀 기울여 듣고 있는 듯
하다.

테이블 위에 웃음 띤 찻잔과 아이스크림 컵을 보며, 아이와 아빠가
헤어지던 날 그들의 모습이 계속 떠올려진다.

그래.

난 그를 떠날 수 없어. 그를 떠나지 않을 거야.

내일 부장님께 여기 있겠다고 말씀드려야겠어.

그가 내 옷을 다 만들고 나면,

이 가게에 같이 와 차를 마시고 아이스크림을 먹는 거야!

처음 무거운 마음으로 들어왔던 기억은 사라진 채, 이제 그가 가르
쳐 준 '사랑'이 숨 쉬기 시작한 나의 숨결만을 느끼며, 난 자리에서
일어났다.

밖은 어두웠지만, 한 가닥 불빛이 마음에서 피어나 세상을 비추고 있어, 집으로 가는 길이 그리 어둡게 느껴지진 않았다.

다음 날, 난 더 일찍 방송국에 도착했다.

"책을 읽어 주는 시간"이 시작되기 전에 부장실 문을 두드렸다.

부장님은 어제보다 한결 밝아진 얼굴로 날 맞이해 주었다.

부장님은, "키다리 아저씨"가 마지막이 될 것 같다면서, 그간 많은 일들이 있었는데 다 소중한 추억이라며, 기회가 왔으니 재능을 맘껏 펼쳐 보라는 격려의 말까지 해 주는 거다.

내가 여기에 있고 싶다 하자 부장님이 놀라는 표정을 하며 왜 그러냐고 물었다.

난, 사장님은 좋은 분이셔서 배려해 주실 거라 했고, 날 대신해 말씀 전해 달라는 부탁을 드렸다.

부장님은, "키다리 아저씨"가 끝나려면 시간이 있으니까 생각을 더 해 보라고 한다.

난, "네에." 하고서, 부장실을 나왔다.

"책을 읽어 주는 시간"의 마이크 앞에서도 난, 그를 생각하고 있다.

그를 생각만 해도 힘이 절로 난다.

그가 내 옷을 빨리 만들어 줬으면 좋겠다.

그때가 되면 그를 매일 만날 수 있을 테니까.

방송국 앞에서 그를 기다린 지 두 주가 지났다.

하루가 지나가면 갈수록, 내일은 그를 만날 수 있겠다는 소망이, 어느 순간부터 내겐 매일을 살게 해 주는 힘이 된다.

하루가 지날수록 그를 만날 수 있는 시간이 가까워져, 내가 희망을 안고서 설렘으로 살게 되는 것 같아, 난 매일 매일 행복감에 젖는다.

희망이라는 단어와 설렘이라는 단어가 삶을 얼마나 들뜨게 하며 윤기 나게 해주는 지 말해 주고 싶다.

난 "책을 읽어 주는 시간"과 내 모든 시간에서 그의 울림을 느낄 수 있게 되었다.

잘 참고 기다렸다 기쁨으로 그를 만날 거란 생각만이 내 가슴에 부풀어 있다.

그가 정말 너무 보고 싶다.

나의 키다리 아저씨

오늘은 "책을 읽어 주는 시간"에 "키다리 아저씨"가 끝나는 날이다.

쥬디는 키다리 아저씨가 병상에 누워 있다는 소식을 듣고 그를 찾아 갔는데, 키다리 아저씨는 바로 그가 마음에 두고 있었던 친구의 삼촌인 저어비스 씨였다.

쥬디는 그녀의 키다리 아저씨이자 그녀의 마음속 사랑인 저어비스와 아름다운 사랑이 이루어지게 되고, "키다리 아저씨" 이야기는 그렇게 끝이 났다.

난 "키다리 아저씨"의 마지막을 읽어 줄 때 그가 너무 생각이 나, 가슴 벅차오르는 감정을 간신히 누르며 책을 읽어 주었다.

방송실을 나오자 부장님이 내게 다가오더니, 오늘은 슬픈 내용이 아닌데도 코끝이 시큰해졌다며, 단지 "키다리 아저씨"가 끝나는 날이라 그런 것 같진 않다고 했다.

부장님은, 여기에 있는 것도 이 마을을 위해 좋은 일이 되겠지만, "책을 읽어 주는 시간"이 앞으로 더 나아가게 하는 것도 우리의 사명이 될 수 있을 거라 말해 주었다.

난, "네에" 하며, 퇴근을 서둘렀다.

"책을 읽어 주는 시간"에 가슴 벅차올랐던 것이, 오늘은 그가 꼭 올 것만 같은 거다.

그가 오기를 기대하며 서 있는 이곳엔, 어느새 적막이 감돌고 있다.

언제부턴지 땅거미가 내리기 시작했고, 주위가 어두움에 묻혀 버렸다.

시간이 그만큼 지나갔나 보다 생각하며, 조금만 더 기다리려 할 즈음이었다.

내가 계속 쳐다보던 그 자리에 차 한대가 막 들어와, 나를 보고 있는 것이다.

그이의 차였다.

난 너무 기쁜 나머지, 그가 차 밖으로 나오기 전에 얼른 뛰어가 그이 차 문을 열었다.

운전석에는 그가 아니라, 보육원 원장님이 있었다.

원장님은 날 보더니, 무척 반갑게 인사를 해 주었다.

아직 놀라고 있는 내게 숨 쉴 여유를 주고선, 나에게 전해 줄 말이 있어 왔다고 했다.

보육원 차가 고장이 나 당분간 그의 차를 타는 거라며, 수리를 맡

겼는데 내일 찾으러 간다고 했다.

원장님은 그가 아프다는 뜻밖의 말을 한다.

같이 가 보겠는지 묻는 거다.

"네에."

차 안에서 원장님은, 그와 어릴 적부터 친구라고 하면서 그는 참 좋은 사람이라는 말을 했다.

"책을 읽어 주는 시간에 울림이 좋다고 할 때 이 친구가 많이 좋아한다는 것을 느꼈어요. 워낙 조용한 친구라, 그렇게 좋아하는 모습은 처음 봤어요. 그 친군 어려서부터 옷 만드는 것을 참 좋아했었는데, 사고 이후 처음으로 아이 옷을 만들어 주는 것을 보고 마음이 몹시 기뻤습니다."

원장님은, 그 친구 옷엔 그의 소망어린 마음이 들어가 그런지 그 옷을 입은 사람들의 삶에 변화가 일어나는 걸 봐 왔다며, 그가 예전같이 옷을 만들 수 있도록 계기가 되어 준 나와 아이에게 고마움을 느낀다고 하면서, 아이도 자신이 얼마나 큰 일을 했는가를 자라나는 과정에 알게 될 거라 했다.

원장님이 그의 옷을 말하는 거다.

난 그이를 생각하고 있다.

"책을 읽어 주는 시간"에 내 목소리가 슬프게 들렸던 것은, 그가 아파 누워 있는 것을 마음속 깊은 곳의 '나'는 알았기 때문였을까?

그이로 슬픔에 젖은 내 음성이, "책을 읽어 주는 시간"을 듣는 사람들의 마음에까지 울려졌는지도 모른다.

그가 내 옷을 만들다 아프게 된 걸까?

그이에게 무슨 일이 일어난 걸까?

차는 낯 익은 길을 가르며 그의 집에 도착했다.

그의 집에서 나오는 불빛이 어두워진 추운 겨울 저녁을 따뜻하게 밝혀 주고 있었다.

난 원장님의 뒤를 따라 안으로 들어갔다.

심장 뛰는 소리가 크게 들려 원장님께 들렸을까 살피게 된다.

거실을 지나 그의 방문이 열리고, 누워 있는 그가 나의 시야로 들어왔다.

그는 날 보더니, 몸을 간신히 일으키는 것 같았다.

난 "키다리 아저씨" 마지막을 읽어 줄 때의 감동이 가시지 않고, 내가 쥬디가 되어 아픈 키다리 아저씨를 찾아왔단 느낌이 들었다.

난 그의 손을 잡아 주었다.

그가 날 바라보는 눈빛에서 더 깊은 사랑이 전해졌으며, 그의 따뜻한 손길에서는 더 깊은 평안이 전해져 왔다.

그날 밤의 그이 모습 그대로였다.

그는 원장님 입술을 보면서 대활 하고 있다.

원장님이 방을 나서려 하자, 난 원장님께 다가가 감사하단 말씀을 드렸다.

원장님은, "내가 고마워요. 괜한 일을 한 게 아닌가 싶었는데." 하며 정말 고맙다는 말을 해 주었다.

그와 나만이 있는 이 공간에서, 난 그를 바라보고 있다.

그이가 바로 내 앞에 있다

'수척해졌어요.'

그는 나를 바라보았다.

'보고 싶었어요.'

그는 나를 바라보기만 할 뿐이다.

난 그의 품에 안겨, 고개를 들어 말을 했다.

'당신을 기다렸어요. 나 혼자 매일 아이스크림 가게에 가 차를 마시고 아이스크림을 먹고, 당신을 생각하면서 거릴 걸었어요. 당신이 보고 싶었어요.'

그는 시선을 나에게서 움직이지 않은 채, 마치 나를 새로 빚어 주려는 듯 그의 손길이 내 얼굴 표면 위에서 숨을 쉬게 하였고, 그의 숨결이 느껴지는 그이 손길은 먼 항해길에 오른 배가 온전히 의지해 있는 넓고 고요한 바다의 손길처럼 날 평안 속에 거하게 하여 주었다.

'새 옷이 궁금해요.'

그는 여전히 나를 바라보고만 있다.

그는 나의 손을 이끌어 날 의자에 앉게 했고, 그에게서 불어오는 바람결을 따라 그이도 내 옆에 앉았다.

난 노트와 펜을 꺼내, 말을 적었다

'괜찮아요. 다음엔 꼭 만들어 주세요.'

그가 펜을 들 때면, 언제나 그의 바람이 그 자리에서 날 반겨 맞이한다.

'당신은 이미 새 옷을 입고 있어요.

그날, 당신은 당신의 옷을 벗고 새 옷을 입었던 거예요.

당신의 울림에서 난 그것을 알 수 있었어요.

그날 나와 같이 있을 때, 당신은 가장 아름다운 옷을 입은 파데트가 되었던 거예요.'

그의 말이 가슴으로 울려졌다.

난 그이 손을 나의 뺨에 대고 날 어루만지게 했다.

그의 말이 믿어졌다.

때가 묻어서 그토록 벗고 싶었던 그 옷은 사라지고, 난 새 옷을 입어, 더 이상 내 옷엔 때가 묻지 않았다며 그가 말해 주고 있다.

그의 착한 울림이 내 안에서 같이 울리게 되었다고, 그가 나에게 말을 해 주는 거다.

난 펜을 들어 그에게 나의 말을 적어 주었다.

'당신과 같은 울림이 되길 바라고 있었는데, 그 소원이 이루어져 가는 거예요. 당신과 영원히 함께 있고 싶어요.'

난 중앙 방송국 발령에 대해 그에게 말하고 싶지 않았다.

가지 않을 테니까.

그와 헤어지지 않을 테니까.

그가 날 바라보면서 펜을 움직이기 시작했다.

'나의 세 번째 소원을 알려 줄까요?'

난 펜을 들었다.

'네에, 알고 싶어요.'

그의 펜은 감미로운 바람을 일으켜, 노트 줄마다 글자들을 새겨 놓았고, 그의 바람은 내 호흡으로 들어와 날 맑은 샘으로 인도하고 있었다.

'당신이 처음 내게 노트와 펜을 건네줄 때 나에게도 "한 사람"이 나타났다는 것을 알게 되었어요. 당신에게 감사하고 있습니다. 그리고 난, 당신을 위해 "또 한 사람"이 나타나기를 소원하게 되었어요. 마침 당신이 "키다리 아저씨"를 읽어 주고 있을 때였어요.'

난 활짝 웃음 지으며 그에게 말을 해 주었다.

'어쩌면, 당신이 나의 "또 한 사람"인 거예요. 나의 "또 한 사람"은

나의 미래일 테니까요. 당신 집에 들어와 아파 누워 있는 당신을 보면서 난 쥬디가 된 것 같았거든요.'

내 앞에서 그는, 그의 싱그러운 웃음을 태워 시원한 바람을 들고 와, 끝없는 사랑의 울림을 울려 준다.

그이 호흡과 빛나는 눈동자엔 내가 들어 있어, 난 마음으로 들려주는 그의 말에서 그의 사랑을 느낄 수가 있다.

그가 펜을 들어 말을 이어 갔다.

'난 당신의 "한 사람"이 될 수는 있었겠지만, 당신을 위해서 "또 한 사람"은 될 수 없어요.'

난, 그의 펜을 멈추게 했다.

그가 그를 멈추게 한 나의 손과, 내 얼굴을 바라보았다.

그의 눈은 나를 향한 끝없는 사랑이 있었지만, 거기엔 눈빛 하나가 더 들어 있었다.

누구에게서 한 번 보았던 눈빛이었다.

아이가 생각났다.

아이의 손을 잡고서 그의 집을 처음 갔을 때 보여 주었던 그 눈빛이었다.

아이에게서 슬픔 같은 어두움을 느꼈던 그 눈빛이었다.

난 그의 마음을 다 알 수는 없지만 이것만은 직감했다.

그가 내 곁을 떠나려 한다는 것을.

그가 왜 아팠는가도 알 것 같았다.

나와 헤어지는 걸 생각했던 거다.

"키다리 아저씨" 마지막을 읽어 줄 때, 난 그를 생각하면서 벅차오르는 감정이 있었는데, 그것은 아직 알 수 없겠지만, 듣는 사람들이 왜 슬펐는진 알 것 같았다.

그가 나와의 헤어짐을 생각하며 아파하는 그의 울림이 내 마음속 깊이 있는 '나'에게 울려져, 그하고 같이 슬퍼하는 '나'의 울림이 그 시간에 내 음성으로 나오게 되었고, 아무도 그것을 알지 못했더라도 사람들은 그저 내 목소리를 듣고서 내 마음이 슬퍼하듯 같이 슬퍼졌던 것이다.

난 그를 보면서 말을 했다.

'아니에요. 그렇지 않아요.'

그가 나를 바라보는 눈빛이 깊은 호수처럼 젖어 있었다.

나의 말을 읽고 그가 슬퍼한다는 것이 느껴졌다.

난 어느 날부터 눈물이 많은 사람이 되어 버렸다.

나의 눈에서 눈물이 흐르기 시작한다.

지금 난, 그를 바라볼 수가 없다.

눈에 물이 고여 앞이 흐려서가 아니었다.

그의 슬픈 눈빛에 선명히 비쳐있는 말을, 내가 알 수 있었기 때문이다.

그건 '나의 말을 들어 주세요.'였다.

그가 말을 적게 되면 그와 헤어지게 될까 봐, 그것이 두려워 그의 손을 멈추게 했다는 것을 그는 알았다.

눈물이 테이블까지 뚝뚝 떨어져 내렸다.

그는 나의 얼굴을 들어주며 그의 눈을 보게 했다.

그리고는, 눈물이 더는 나의 얼굴을 못 적시게 하려고, 그의 따뜻한 손길로 내 눈물을 닦아 주었다.

그의 눈빛에서 내가 못 봤던 말이 보여진다.

'나를 위해 울고 있는 당신께 감사합니다.'

그가 펜을 들었다.

'난, "책을 읽어 주는 시간"에 당신에게 "한 사람"이 나타나 당신의 슬픔이 지나가게 되면, 당신의 울림은 먼 바다 너머까지 울려지게 될 거라는, 미래를 향한 당신의 울림이 느껴졌습니다. "한 사람"이 나타나 전과 다른 삶을 살게 되었다는 당신에게 그 "한 사람"이 한 번 더 "한 사람"이 되어 당신의 울림을 사랑으로 울려 주게 된다면, 당신은 미래의 "또 한 사람"을 만날 수 있게 될 것이라 소망하면서 당신을 향해 세 번째 소원을 갖게 되었어요. 내가 당신의 "한 사람"이 되고 한 번 더 "한 사람"이 되었다는 사실이 기쁩니다. 하지만 당신을 위해 나의 마음에 두었던 세 번째 소원이 내 자신이 된다고 한다면, 내가 당신을 사랑하지 않는 겁니다. 그것은 나의 세 번째 소원이 아니에요.

아이를 만나러 당신과 보육원에 가던 날, 그날 난 나의 세 번째 소원이 이루어졌다는 것을 알게 되었어요. 당신이 방송국 밖으로 나와서 날 향해 달려올 때, 당신에게 "또 한 사람"이 나타나 그를 만났다는 것을 당신 울림으로 알 수 있었어요. 이것을 말하고 싶어요. 나의 세 번째 소원 안에는 당신이 "또 한 사람"을 만나도록 내가 한 번 더 "한 사람"이 되기를 바랐던 나의 마음도 들어 있었죠.

당신이 나에게 옷을 만들어 달라고 말을 할 때, 내가 한 번 더 당신의 "한 사람"이 되었다는 것을 알았습니다. 정말 감사했습니다.'

그의 펜은 쉬지 않고 천천히 일을 계속하고 있는데, 나의 눈물은 도무지 그칠 생각을 하지 않는다.

'당신에게 나타난 "또 한 사람"은 당신을 먼 바다 너머까지 인도해 줄 거예요.

당신의 "책을 읽어 주는 시간"은 사람들을 변화시켜 주는 시간이 될 겁니다. 당신 안에는 당신의 변화를 가져다 준, 실제로 일어난 기적들이 있기 때문입니다. "한 사람"을 만나서 다른 삶을 살게 되었고, 그 "한 사람"이 한 번 더 "한 사람"이 되어 주면서 나보다 남을 더 사랑하는 진정한 울림을 갖게 된 당신은, 이젠 "또 한 사람"을 만날 수 있게 해 준 삶의 변화에 대한 기적이 직접 울림으로 나오는 존재가 되었습니다. 그 울림으로 "책을 읽어 주는 시간"에 당신이 울려 주게 되면, 그 울림은 그대로 사람들에게 같이 울려져, 장래에 자신들의 삶도 당신처럼 실제로 변화가 일어날 수 있으리라는 소망으로 울려지게 됩니다. 변화의 기적들은 당신 안에서 보이지 않는다 하더라도 확실히 존재하고 있기에, 당신의 울림은 사람들에게 분명 기적이 있다는 것을 알려 주면서 그들 삶의 변화까지도 이끌어 줄 수 있게 될 것입니다.

난 당신의 울림에서 당신이 한 번 더, 그리고 또 한 번 더 변화되었다는 것을 알 수 있어요. 지금 당신의 눈물은 당신보다 남을, 지금 앞에 있는 나를 더 사랑하기 때문에 마음에서 흐르고 있는 물이에요.

내가 당신에게 "한 사람"으로 무엇을 해 주었는지는 잘 모르겠지만, 당신은 "한 사람"을 만나고 그가 당신에게 한 번 더 "한 사람"이 되어 당신의 미래를 이끌어 줄 "또 한 사람"을 만나게 해 주면서, 당신 스스로는 이제 고결한 울림을 가진 사람이 되었습니다.

당신이 그 "한 사람"의 울림을 당신 자신보다 더 소중히 여겼던 것을 그 울림은 너무나 잘 알고 있어서, 그 울림이 당신에게 "또 한 사람"을 만나 그 "또 한 사람"과 같이 하나의 울림을 갖게 되는, 바로 그 선물을 준 겁니다. 당신 속 깊은 곳의 울림이 그것을 소원하였기에, 결국 당신에게 "한 사람"의 울림이 찾아와, 한 번 더 "한 사람"의 울림과, 그리고 "또 한 사람"의 울림까지 울려준 것입니다.'

눈물이 너무 흐르고 있어 눈이 아파오기 시작했다.

마음은 더욱 아파왔다.

난 그가 나의 울림을 느낄 수 있게 말을 해 주었다.

'당신을 나에게 다 줘 버리면 당신은 어떻게 해요. 내가 당신 곁에 있게 해 주세요. 지금처럼 나의 "책을 읽어 주는 시간"을 당신에게 매일 울리게 해 주고 싶어요. 나도 당신을 위해 뭔가를 하게 해 주세요. 난, 당신을 너무 사랑해요. 이제는 당신 없인 살 수 없어요.'

그가 날 바라보는 눈빛이 너무도 빛나고 있었다.

내가 그를 똑바로 쳐다보지 못하는 것이, 눈물 때문에 눈이 따갑고 시려서인지 그의 눈이 너무 빛나서인지 알 수가 없었다.

그이 펜은 나에게 그의 말을 이어 주었다.

'당신은 나에게 많은 것을 해 주었어요. 당신은 들리지 않는 나의 말을 들어 주었어요. 당신은 나에게 노트와 펜을 건네줄 때 나의 "한 사람"이 되었고, 나에게 옷을 만들어 달라고 할 때 내가 당신에게 한 번 더 "한 사람"이 되었던 동시에, 당신도 나에게 한 번 더 나의 "한 사람"이 되어 주었어요. 당신이 나의 말을 들어 주며 나에게 "한 사람"이 되어 주었다는 사실은, 나중에 세상이 당신께 알려 줄 거예요.

난 당신의 사랑의 요정이 된 일에 기쁘고 감사합니다. 언제까지나 당신과 함께 있겠습니다. 당신 울림 안에는 내가 있기에, 당신이 누군가를 사랑의 눈빛으로 보게 된다면 그 눈빛에 나의 울림이 같이 있고, 당신이 누군가를 사랑한다면 그 사랑하는 마음에 나의 울림이 같이 있습니다. 당신의 "책을 읽어 주는 시간"에 사랑의 요정은 끝났지만, 나는 이 세상 끝 날까지 당신과 함께 있어요. 난 당신의 "한 사람"이고 당신은 나의 "한 사람"이니까요.'

그가 날 바라보고 있다.

그는 숨을 한 번 내쉬며, 적어 나간다.

'당신의 사랑의 요정을 떠나보내야 할 시간이지만, 사랑의 요정은 당신 가슴에 남아 하나의 작별과 하나의 시작을 알려 주고 있어요. 자, 당신의 키다리 아저씨를 만나러 떠날 시간이 되었어요. 나의 세 번째 소원이 이루어지고 있는 것을 난 느낄 수가 있습니다. "또 한 사람"인 그가 당신의 "책을 읽어 주는 시간"을 세상에 널리 알려 줄 겁니다. 그리고 당신과 당신의 "책을 읽어 주는 시간"은 가는 곳마다 희망과 소망을 울려 주게 될 것입니다. 난 당신의 그 울림에 같이 있으면서 그 울림을 지켜 주게 될 거예요. 그 울림의 흔적들은 이 땅에서 지워지지 않고, 세월이 많이 흘러 누군가가 울음소리를 내며 세상에 나오게 될 때, 그 호흡에 들어가 더 큰 희망과 소망의 소식을 울림으로 전해 주게 될 겁니다.'

"책을 읽어 주는 시간"에 "사랑의 요정"이 떠나던 날, 내게 기적을 선물로 주고서 떠나는 사랑의 요정에게, '넌 언제까지나 나와 함께 있을 거잖아.' 하며 손을 흔들어 주던 '나'가 보이고 있다.

"사랑의 요정"을 떠나보내야 할 시간에게 내가 하나의 작별과 하나의 시작을 위해 인사 한다는 것을, 어떤 존재라면 아주 잘 알 수 있을 거라며 손을 흔들어 주던 '나'가 같이 보이고 있다.

내가 사랑의 요정에게 했던 말을, 그가 내게 한다.

그가 내게 작별을 말한다.

오늘 "책을 읽어 주는 시간"에 "키다리 아저씨"의 마지막을 읽어 줄 때 나에게 가슴 벅차오르는 감정이 왜 일어났는지를, 부장님이 오늘은 슬픈 내용이 아닌데도 코끝이 시끈해진다며, 단지 "키다리 아저씨"가 끝나는 날이라 그런 것 같진 않았다고 왜 그렇게 말을 했었는지를, 난 정확히 다 알게 되었다.

그 이유들은, '그'였다.

그가 가슴 벅차오르는 감동을 안고서 날 "키다리 아저씨"에게 데려다주려 했고, 그가 아프면서도 하나의 작별과 하나의 시작을 나로 알게 하려 울려 주었던 그 울림을 마음 속 깊이 있는 '나'는 잘 알아, 나에게서 슬픈 음성이 울려져, 듣는 사람들까지 슬퍼졌던 것이다.

난 다 알았으면서도, 다른 말을 적는다.

'아니에요. 아니에요. "키다리 아저씨"의 마지막을 읽어 줄 때 당신 생각이 너무 나, 가슴이 벅차올랐어요. 당신이 나의 "또 한 사람",

키다리 아저씨예요.'

그가 글자로 말을 해 주었다.

'당신 가슴이 벅차올랐던 것은, 당신이 아니라 나였어요. 당신을
키다리 아저씨에게 인도하는데 내 가슴이 벅차올랐던 거였어요.
당신도 그 사실을 알고 있는 겁니다.'

난 애절한 심정으로 그에게 나의 말을 적어 주었다.

'당신, 날 사랑하잖아요. 당신도 내가 없으면 안 되잖아요. 곁에 있
게 해 주세요. 난 여기 당신 곁에 있을 거예요. 당신이 내 곁에 없
는데 어떻게 내 눈빛에서 당신이 있을 수 있고, 어떻게 나의 울림
에 당신이 있을 수 있어요. 당신이 내 곁에 없는데 어떻게 내가 가
는 곳마다 당신이 있을 수 있어요.'

그는 울고 있는 나의 얼굴을 들어주며 내가 눈을 떠 그를 볼 수 있
게 될 때까지 기다려 주었다.

그가 입술을 열어 천천히 또박또박 나에게 말을 해 주었다.

'당신은, 나의 마음에 영원히 있고, 당신을 영원히 간직하고 있는
나는, 당신 마음에 있으니까요. 난 우리 아이가 잘 자랐다는 것을
세상이 나에게 전해 주기를 기도하고 있어요. 당신의 소식도 세상
에서 듣게 해 달라고 기도하겠습니다.'

그는 빛나던 시선을 내려 나의 손바닥을 펴, 그 위에다 글을 적어
주었다.

'사랑합니다. 영원히.'

난 그의 품에 안겨 울었다.

내 안에 만들어진 호수는 너무나 깊은가 보다

그치지 않고 흘러내리는 눈물을 감당할 길이 없다.

그날 밤, 난 집에 돌아와 잠이 들었고, 아침에 일어나면 모든 게 꿈이라 알고 싶었다.

시간은 아무런 감정도 없이 자기 일에만 열심인 것 같다.

시간은 그와 헤어진게 꿈이 아닌 것을 야멸차게 알려 주며 내 앞에서 여러 날이 지나게 했다.

난, 지금 창가에서 하늘을 보고 있다.

나의 무릎에는 그가 그이 '울림'을 적어 주며 나와 대화를 했던 노트가, 내 옆에는 그가 난 새 옷이 필요치 않다며 대신 날 위해 만들었다고 건네준 은색 선물 상자가 놓여 있다.

그 안에 그의 세 번째 소원이 함께 들어 있다 했는데, 난 열어 보지 않았다.

부장님은 건너편 자리에서 신문을 읽고 있다.

그와 헤어진 그날 이후, 단 한시라도 그를 잊은 적이 없다.

이젠 울지 않으려 한다.

그의 사랑이 아파지니까.

그를 슬픔으로 남아 있지 않게 하려 한다.

그도 같이 슬퍼지니까.

난 그의 글들이 들어 있는 노트를 꼭 끌어안았다.

　당신이 온 몸을 다해 나를 사랑해 주었던 그 울림을

　내 가슴에 새겨 놓았어요.

　내가 죽을 때까지 지워지지 않아요.

　사랑하는 당신, 날 지켜봐 주세요.

　내가 어디를 가든 당신도 함께 가는 거예요.

　당신의 울림이 내게 해 주었던 것들이 살아서,

　다른 사람에게도 울릴 수 있게 하겠어요.

눈물이 또 흐른다.

곧 착륙한다는 안내 방송이 나오고, 계단이 준비되었다는 승무원
의 안내가 나오자 사람들이 차례로 내려간다.

부장님은 그들을 따라 내 앞에서 내려가고 있다.

부장님 뒤에 서 있는 나에게로 바람이 불어왔다.

차가웠던 바람은 따뜻한 기운을 내뿜으며 내 뺨을 어루만져 준다.

이 바람은, 아! 그의 바람인 거다.

'그래, 나야. 얼른 내려와. 그가 기다려.'

바람은 나에게 말을 건네고서, 가만히 내게 머무르려는 듯 나의 머릿결을 흩날리고 있다.

사장님이 나와 계신다는 부장님의 소리가 들렸지만, 난 그가 기다리고 있다는 말에 새로운 기운이 일어 서둘러 계단을 내려와 비행장에 발을 내딛었다.

차 한 대가 보였고, 옆엔 정말 그가 서 있었다.

헤드라이트 불빛이 워낙 강해서 어두운데도 그의 그림자가 비행장 활주로에 비춰졌다.

그림자엔 긴 팔과 다리가 있었다.

마치 키다리 아저씨처럼.

난 그를 향해 빨리 달려가고 있었는데, 차도 사람도 달라 있었다.

사장님이 서 있는 것이다.

그림자는, 사장님이었던 거다.

　분명히 그이였어.

　분명히 그이가 맞았단 말야.

바람은 아무 말도 해 주지 않고 나의 머릿결만 흩날리고 있다.

사장님이 부드러운 목소리로 먼 길 오느라 수고했다 말해 주었다.

난 눈물이 났다.

그이가 아니었다.

그는 바람이 되어, 그가 말한 대로, 날 사장님에게 인도해 주고 있는 것이다.

'아, 당신.'

차 안에서 사장님은, 내가 은색 상자를 무릎에 둔 채 그 위에 손을 고이 얹고 있는 모습을 보며 상자에 무척 소중한 선물이 들어 있는 것 같다고 했다.

난 그렇다고 말해 주었다.

조금 내려진 차 유리창 사이로 바람이 불어왔다.

바람은 내 호흡으로 들어와 날 채우는 숨이 되어, 나에게서 새롭게 은은히 내뿜어지고 있다.

바깥 가로등 불빛이 그의 은색 상자를 비추며, 반짝반짝 빛을 반사시키고 있다.

그와의 이별을 믿고 싶지 않아 한 번도 열지 않았던 이 은색 상자가, 지금은 꼭 열어 봐 달라며 빛으로 말을 하는 것 같다.

난, 이제 그의 은색 상자를 열어 본다.

그 안엔, 하얀 드레스가 있었다.

웨딩드레스였다.

편지가 그 위에 놓여 있다.

　여기, 당신이 "또 한 사람"을 만나 미래의 꿈이 현실로 이루어지

는, 나의 소망이 들어 있습니다.

　나의 세 번째 소원은, 이 옷을 입은 당신입니다.

　나에게 말을 하시는 당신,

　나의 말을 들어 주신 당신께 감사합니다.

나의 눈물이 그의 옷을 젖게 할 것 같아, 난 상자를 닫았다.

한번 흐르기 시작한 눈물은 도무지 마를 생각이 없는가 보다.

사장님이 아침 신문에 나왔다며, 유명한 디자이너가 사고로 귀가

안 들리게 되면서 옷 만드는 일을 멈추게 되었는데, 그가 다시 옷

을 만들게 되었다고, 그가 만든 웨딩드레스를 입은 신부들은 다 행

복을 말한다는 이야기를 들려 주었다.

사장님은, 세상이 그가 돌아온 사실을 기뻐하는 것 같다며, 그 스

스로에겐 기적 같은 일일 거라 했다.

사장님은 나를 바라보면서 말을 한다.

"미래의 나의 신부에게 웨딩드레스를 만들어 주려고 그가 다시 디

자이너로 돌아왔는지도 모르겠어요."

눈에 물이 고여 앞이 흐려서인지, 사장님의 부드러운 웃음에 그의

싱그러운 웃음이 겹쳐져 보인다.

그의 은색 상자는 그 위로 떨어진 내 눈물 자국에 빛을 발하여 더욱 반짝이고 있다.

아이와 나눴던 대화들이 바람 속에서 들려왔다.

'아빠가 병원에 계실 때부터 제가 간절히 바라던 기적이 일어날까요? 이루어질 수 없을 거라고 생각했던 저의 세 가지 소원도 이렇게 이루어졌는데요.'

'기적은 다르게 일어날 수 있어. 아빠가 바라는 기적이 다를 수도 있잖아?'

'그럴까요?'

'그럼.'

그가 다시 옷을 만들 수 있도록 해 줘서 나와 아이에게 고마움을 느낀다고 했던 원장님의 소리도 뒤따라 들려왔다.

'그가 만든 옷엔 그의 소망어린 마음이 들어가서 그런지 그 옷을 입은 사람들의 삶에 변화가 일어나는 것을 봐 왔어요.'

내 가슴에 새겨진 그의 글자들이 떠올라 와, 내 심장에서 울려지고 있다는게 느껴진다.

'당신은 나에게 노트와 펜을 건네줄 때 나의 "한 사람"이 되었고, 나에게 옷을 만들어 달라고 할 때 내가 당신에게 한 번 더 "한 사람"이 되었던 동시에, 당신도 나에게 한 번 더 "한 사람"이 되어 주었어요. 당신이 나의 말을 들어 주며 나에게 "한 사람"이 되어 주었다는 사실은, 나중에 세상이 당신께 알려 줄 거예요.'

그는 자신의 고통을 뒤로 한 채 스스로 기적을 일으키어, 다시 옷을 만드는 사람이 된 것이다.

그는, 내가 그의 "한 사람"이 되었고 나의 사랑이 그이 안에서 같이 울려진다는 사실을, 나 있는 이곳 멀리까지 울려 주고 있다.

세상이 내게 그것을 알려 주고 있는 거다.

> 나에게 "한 사람"이 되어 준 당신,
>
> 당신 사랑이 내 삶에 영원히 울려지고 있다는 것을,
>
> 이제 난, 당신 있는 곳 어디까지라도 닿을 수 있게
>
> 내 삶을 다해 울려 드리겠어요.

차 유리창 사이로 들어온 바람은 아직도 내 곁에 있어, 나의 눈물을 어루만져 준다.

내가 잘못 보았는지, 아니면 내가 그를 너무 보고 싶어서인지, 사장님의 웃음 속에서 자꾸만 그의 싱그러운 미소가 비쳐진다.

"당신의 "책을 읽어 주는 시간"은 지역에 머물러 있어서도 멈춰서도 안 된다고 생각했어요. 곳곳으로 울려 주며 책에 들어 있는 아름다운 마음을 세상에 전해 주었으면 해요. 난, 사람들이 서로 사

랑하며 살아 갈 수 있도록 "책을 읽어 주는 시간"이 다음 시댈 이끌어 줄 거라는 희망을 갖고 있어요. 내가 당신의 "책을 읽어 주는 시간"과 같이 가려 합니다."

내 곁에 있는 바람은 차 안에서의 모든 소리를 듣고 있는 듯, 바람에 미소를 띄워 차 안 가득이 불어 주고 있다.

내 호흡으로 들어와 나의 숨결이 되어진 바람은, 내 안에서 새론 바람이 되어 숨결마다 내뿜어진다.

내 안에서 그의 울림이 느껴지고 있다.

'아, 당신.'

바람이 들려준 이야기 〈에피소드 2〉를 마치면서

.

또 하나의 이야기가 끝이 났다.

우리가 사랑하는 존재로 한 번 더 다시 태어나게 된다는 사실이 바로 기적인 것이었다.
우리가 기적은 사랑 안에 있었다는 기억들을 회복하게 될 때, 우리의 삶은 설렘과 감동으로 돌이켜지게 되고, 우리는 새로 만든 옷을 입고 새로운 배에 올라 타 새로운 항해의 돛을 올리게 된다.

사랑으로 다시 태어난 우리는 이제 무한한 가능성을 가지고 먼 바다로의 항해를 준비하고 있다.
어제보다 더 밝은 웃음을, 어제보다 더 기쁜 사랑의 언어를 '너'에게 건네주며, 함께 새로운 이야기를 만들어 가고자 한다.

기적과 사랑의 항해는 이제 시작인 것이다.

말을 하시는 당신께

초판 발행 2019년 09월 30일
2판 1쇄 발행 2021년 11월 19일

저자 한유진
편집 문서아

펴낸곳 하움출판사
펴낸이 문현광

저작권자 한유진

주소 전라북도 군산시 수송로 315 하움출판사
이메일 haum1000@naver.com   **홈페이지** haum.kr

ISBN 979-11-6440-871-9 03800

좋은 책을 만들겠습니다.
하움출판사는 독자 여러분의 의견에 항상 귀 기울이고 있습니다.